新装版

齋藤孝のイッキによめる!

小学生のための宮沢賢治

イッキよみ!

講談社

新装版 齋藤孝の イッキによめる! 小学生のための 宮沢賢治 もくじ

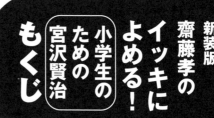

まえがき

宮沢賢治《みやざわけんじ》は、百年以上前《ねんいじょうまえ》に生《う》まれ、今《いま》も多《おお》くの人《ひと》に愛《あい》される作家《さっか》だ。賢《けん》治《じ》の作品《さくひん》には、ひとつの宇宙《うちゅう》、ひとつの世界《せかい》のように、賢治《けんじ》ワールドが広《ひろ》がっていて、それが多《おお》くの人《ひと》に愛《あい》されているんだ。
昔《むかし》に書《か》かれた作品《さくひん》なので、言葉《ことば》の意味《いみ》がとりづらいところもあるかもしれないけど、つぎの3か条《じょう》をこころがけながら読《よ》んでみよう。

【この本《ほん》の読《よ》みかた　3か条《じょう》】

一、気《き》に入《い》った文章《ぶんしょう》は、声《こえ》に出《だ》して読《よ》んでおぼえちゃおう！
一、想像力《そうぞうりょく》をはたらかせて、頭《あたま》のなかで文章《ぶんしょう》を絵《え》にしてみよう！
一、お話《はなし》のおもしろいポイントを、だれかに話《はな》して伝《つた》えてみよう！

以上《いじょう》の三つをちゃんとおこなえば、美《うつく》しい日本語《にほんご》が身《み》につくだけじゃなく、賢治《けんじ》の生《い》きかたからも多《おお》くを学《まな》べるはずだ。

賢治《けんじ》の作品《さくひん》からは、いっしょうけんめい生《い》きる、みんながしあわせになるようにがんばる、人間《にんげん》だけでなく、木《き》や動物《どうぶつ》、石《いし》までも命《いのち》があると考《かんが》えて大切《たいせつ》にする、というやさしい祈《いの》りの気持《きも》ちが伝《つた》わってくる。賢治自身《けんじじしん》が、とにかくなにごともいっしょうけんめいやる、世界全体《せかいぜんたい》のしあわせをいつも考《かんが》えている人《ひと》だったんだ。

賢治《けんじ》は、子《こ》どもから大人《おとな》まで、幅広《はばひろ》い年代《ねんだい》の人《ひと》に向《む》けて、たくさんの作《さく》品《ひん》をのこしたけれど、その作品《さくひん》にこめる想《おも》いは、つぎのページの『注文《ちゅうもん》の多《おお》い料理店《りょうりてん》』序《じょ》にこめられている。ぜひ、これを読《よ》んでから、宮沢賢治《みやざわけんじ》の作品《さくひん》をイッキ！　に読《よ》み進《すす》めてもらいたい！

明治大学教授《めいじだいがくきょうじゅ》　齋藤《さいとう》　孝《たかし》

『注文《ちゅうもん》の多《おお》い料理店《りょうりてん》』序《じょ》

わたしたちは、氷砂糖《こおりざとう》をほしいくらいもたないでも、きれいにすきとおった風《かぜ》をたべ、桃《もも》いろのうつくしい朝《あさ》の日光《にっこう》をのむことができます。

またわたくしは、はたけや森《もり》の中《なか》で、ひどいぼろぼろのきものが、いちばんすばらしいびろうどや羅紗《らしゃ》や、宝石《ほうせき》いりのきものに、かわっているのをたびたび見《み》ました。

わたくしは、そういうきれいなたべものやきものをすきです。

これらのわたくしのおはなしは、みんな林《はやし》や野《の》はらや鉄道線路《てつどうせんろ》やらで、虹《にじ》や月《つき》あかりからもらってきたのです。

ほんとうに、かしわばやしの青《あお》い夕方《ゆうがた》を、ひとりで通《とお》りかかったり、十一月《がつ》の山《やま》の風《かぜ》のなかに、ふるえながら立《た》ったりしますと、もうどうしてもこんな気《き》がしてしかたないのです。ほんとうにもう、どうしてもこんなことがあるようでしかたないということを、わたくしはそのとおり書《か》いたまでです。

ですから、これらのなかには、あなたのためになるところもあるでしょうし、ただそれっきりのところもあるでしょうが、わたくしには、そのみわけがよくつきません。なんのことだか、わけのわからないところもあるでしょうが、そんなところは、わたくしにもまた、わけがわからないのです。

けれども、わたくしは、これらのちいさなものがたりの幾《いく》きれかが、おしまい、あなたのすきとおったほんとうのたべものになることを、どんなにねがうかわかりません。

大正《たいしょう》十二年《ねん》十二月《がつ》二十日《はつか》

宮沢賢治《みやざわけんじ》

編集部より

※漢字は原則として新字体を使用し、原文の表現をそこなわない範囲で、漢字をひらがなにするなど、読者に理解しやすい配慮をいたしました。
※収録された作品のうち、本文が旧かなづかいで書かれているものは、一部をのぞき、新かなづかい、現代表記にあらためました。
※作品の一部に、今日では差別表現としてこのましくない用語もつかわれていますが、作者が故人であること、また創作活動をおこなった当時の時代背景にてらしあわせて考え、作品を正しく理解してもらうためにも、この本では、できるだけ原文を尊重いたしました。

宮沢賢治《みやざわけんじ》の詩《し》

「雨《アメ》ニモマケズ」

雨《アメ》ニモマケズ
風《カゼ》ニモマケズ
雪《ユキ》ニモ夏《ナツ》ノ暑《アツ》サニモマケヌ
丈夫《ジョウブ》ナカラダヲモチ
欲《ヨク》ハナク
決《ケッ》シテ瞋《イカ》ラズ
イツモシズカニワラッテイル
一日《ニチ》ニ玄米《ゲンマイ》四合《ゴウ》ト
味噌《ミソ》ト少《スコ》シノ野菜《ヤサイ》ヲタベ

アラユルコトヲ
ジブンヲカンジョウニ入《イ》レズニ
ヨクミキキシワカリ
ソシテワスレズ
野原《ノハラ》ノ松《マツ》ノ林《ハヤシ》ノ蔭《カゲ》ノ
小《チイ》サナ萱《カヤ》ブキノ小屋《コヤ》ニイテ
東《ヒガシ》ニ病気《ビョウキ》ノコドモアレバ
行《イ》ッテ看病《カンビョウ》シテヤリ
西《ニシ》ニツカレタ母《ハハ》アレバ
行《イ》ッテソノ稲《イネ》ノ束《タバ》ヲ負《オ》イ
南《ミナミ》ニ死《シ》ニソウナ人《ヒト》アレバ

行《イ》ッテコワガラナクテモイイトイイ
北《キタ》ニケンカヤソショウガアレバ
ツマラナイカラヤメロトイイ
ヒド《（デ）》リノトキハナミダヲナガシ
サムサノナツハオロオロアルキ
ミンナニデクノボートヨバレ
ホメラレモセズ
クニモサレズ
ソウイウモノニ
ワタシハナリタイ

「雨《アメ》ニモマケズ」のかいせつ

ぼくが小学《しょうがく》3年生《ねんせい》のとき、クラスみんなでこの詩《し》をおぼえたんだけど、「アラユルコトヲ　ジブンヲカンジョウニ入《イ》レズニ」という言《い》い方《かた》がめずらしくて、とても印象《いんしょう》にのこっている。自分《じぶん》を勘定《かんじょう》に入《い》れないというのは、たとえば、お菓子《かし》が人数分《にんずうぶん》なかったら、自分《じぶん》はいいからってゆずれるということ。まず自分《じぶん》から、自《じ》分《ぶん》さえよければいいっていう人《ひと》もいるけど、賢治《けんじ》は他人《たにん》のことをまず考《かんが》えられる人《ひと》だったんだね。

　もうひとつ「デクノボートヨバレ　ホメラレモセズ……ソウイウモノニ　ワタシハナリタイ」とあるけど、このデクノボーという言葉《ことば》も心《こころ》にのこってるなあ。デクノボーって、ほんとうはあまりいい意味《いみ》じゃないんだけど、この詩《し》では、頭《あたま》はしっかりしていて、自分《じぶん》より他人《たにん》のことを先《さき》に考《かんが》えられる人《ひと》のこと。みんなから、ばかじゃないかといわれても、自分《じぶん》の損《そん》になっても他人《たにん》につくせる人《ひと》という意味《いみ》なんだ。昔《むかし》はそういう人《ひと》がいたんだね。賢治《けんじ》はこの詩《し》を手帳《てちょう》に書《か》いただけで、発表《はっぴょう》はしなかった。自分《じぶん》のための誓《ちか》いの言葉《ことば》、祈《いの》りの言葉《ことば》だったんだね。

「風《かぜ》の又三郎《またさぶろう》」（詩《し》のみ抜粋《ばっすい》）

どっどど　どどうど　どどうど　どどう
青《あお》いくるみも吹《ふ》きとばせ
すっぱいかりんも吹《ふ》きとばせ
どっどど　どどうど　どどうど　どどう
どっどど　どどうど　どどうど　どどう

「風《かぜ》の又三郎《またさぶろう》」のかいせつ

「風《かぜ》の又三郎《またさぶろう》」はとても有名《ゆうめい》な作品《さくひん》だけど知《し》ってるかな？　谷川《たにがわ》の岸《きし》の小《ちい》さな小学校《しょうがっこう》に、ふしぎな転校生《てんこうせい》がやってくるところからお話《はなし》がはじまるんだ。風《かぜ》の強《つよ》い日《ひ》に転校《てんこう》してきて、あっというまに去《さ》っていってしまう。まわりの子《こ》どもたちは、風《かぜ》の神《かみ》の子《こ》ども「風《かぜ》の又三郎《またさぶろう》」だったと思《おも》ったんだ。「どっどど　どどうど　どどうど　どどう」という風《かぜ》の音《おと》が、ぼくはとくに印象《いんしょう》にのこっているなあ。転《てん》校生《こうせい》がやってくる、そのふしぎな感《かん》じをこの風《かぜ》の音《おと》があらわしているね。風《かぜ》はふつう、ピューピューって吹《ふ》くけど、「どっどど　どどうど」という風《かぜ》は聞《き》いたことあるかな？　この音《おと》は、賢治《けんじ》が発見《はっけん》した音《おと》なんだ。すべてを吹《ふ》き飛《と》ばすような迫《はく》力《りょく》のある音《おと》だよね。

ぼくの教《おし》えていた塾《じゅく》では、小学生《しょうがくせい》の生徒《せいと》に、二人一組《ふたりひとくみ》になっておんぶをして、下《した》の人《ひと》が「どっどど……」を大《おお》きな声《こえ》でいうというのをやっていたんだ。そうすると、腹《はら》の底《そこ》から声《こえ》がでて、みんなでやると、体育館《たいいくかん》がゆれる感《かん》じがするんだよ。

この言葉《ことば》の不気味《ぶきみ》さやおもしろさをおぼえて、風《かぜ》が吹《ふ》いたとき、口《くち》にだしてみよう！

めくらぶどうと虹《にじ》

城《しろ》あとのおおばこの実《み》はむすび、赤《あか》つめ草《くさ》の花《はな》はかれてこげ茶《ちゃ》色《いろ》になり、畑《はたけ》のあわ《穀物の一種》はかられました。

「かられたぞ。」といいながら一ぺんちょっと顔《かお》をだした野《の》ねずみがまたいそいであなへひっこみました。

がけやほりには、まばゆい銀《ぎん》のすすきの穂《ほ》が、いちめん風《かぜ》に波《なみ》だっています。

その城《しろ》あとのまん中《なか》に、小《ちい》さな四《し》っ角山《かくやま》があって、上《うえ》のやぶには、めくらぶどう《野ぶどう》の実《み》が、虹《にじ》のようにうれていました。

さて、かすかなかすかな日《ひ》でり雨《あめ》《天気雨》がふりましたので、草《くさ》はきらきら光《ひか》り、むこうの山《やま》は暗《くら》くなりました。

そのかすかなかすかな日《ひ》でり雨《あめ》がはれましたので、草《くさ》はきらきら光《ひか》り、むこうの山《やま》は明《あか》るくなって、たいへんまぶしそうにわらっていいます。

そっちのほうから、もずが、まるで音譜《おんぷ》をばらばらにしてふりまいたように飛《と》んできて、みんないちどに、銀《ぎん》のすすきの穂《ほ》にとまりました。

めくらぶどうはかんげきして、すきとおったふかいいきをつき葉《は》からしずくをぽたぽたこぼしました。

東《ひがし》のはい色《いろ》の山脈《やまなみ》の上《うえ》を、つめたい風《かぜ》がふっと通《とお》って、大《おお》きな虹《にじ》が、明《あか》るいゆめの橋《はし》のようにやさしく空《そら》にあらわれました。

そこでめくらぶどうの青《あお》じろい樹液《じゅえき》は、はげしくはげしく波《なみ》うちました。

そうです。きょうこそ、ただのひとことでも、虹《にじ》とことばをかわしたい、丘《おか》の上《うえ》の小《ちい》さなめくらぶどうの木《き》が、よるの空《そら》にもえる青《あお》いほのおよりも、もっと強《つよ》い、もっとかなしいおもいを、はるかの美《うつく》しい虹《にじ》にささげると、ただこれだけを伝《つた》えたい、ああ、それからならば、それからならば、実《み》や葉《は》が風《かぜ》にちぎられて、あの明《あか》るいつめたいまっ白《しろ》の冬《ふゆ》のねむりにはいっても、あるいはそのままかれてしまってもいいのでした。

「虹《にじ》さん。どうか、ちょっとこっちを見《み》てください。」めくらぶどうは、ふだんのすきとおる声《こえ》もどこかへいって、しわがれた声《こえ》を風《かぜ》にはんぶんとられながらさけびました。

やさしい虹《にじ》は、うっとり西《にし》の青《あお》い空《そら》をながめていた大《おお》きな青《あお》いひとみを、めくらぶどうにむけました。

「なにかご用《よう》でいらっしゃいますか。あなたはめくらぶどうさんでしょう。」

めくらぶどうは、まるでぶなの木《き》の葉《は》のようにプリプリふるえて、かがやいて、いきがせわしくて思《おも》うようにものがいえませんでした。

「どうかわたしのうやまい《そんけいする気持ち》を受《う》けとってください。」

虹《にじ》は大《おお》きくといいきをつきましたので《息をはきましたので》、黄《き》やすみれは一つずつ声《こえ》をあげるようにかがやきました。そしていいました。

「うやまいを受《う》けることは、あなたもおなじです。なぜそんなにいんきな《くらくしずんだ》顔《かお》をなさるのですか。」

「わたしはもう死《し》んでもいいのです。」

「どうしてそんなことを、おっしゃるのです。あなたはまだおわかいではありませんか。それに雪《ゆき》がふるまでには、まだ二か月《げつ》あるではありませんか。」

「いいえ。わたしの命《いのち》なんか、なんでもないんです。あなたが、もし、もっとりっぱになりになるためなら、わたしなんか、百ぺんでも死《し》にます。」

「あら、あなたこそそんなにおりっぱではありませんか。あなたは、たとえば、消《き》えることのない虹《にじ》です。かわらないわたしです。わたしなどはそれはまことにたよりないのです。ほんの十分《ぷん》か十五分《ふん》のいのちです。ただ三秒《びょう》のときさえあります。ところがあなたにかがやく七色《なないろ》はいつまでもかわりません。」

「いいえ、かわります。かわります。わたしの実《み》の光《ひかり》なんか、もうすぐ風《かぜ》にもっていかれます。雪《ゆき》にうずまって白《しろ》くなってしまいます。かれ草《くさ》のなかでくさってしまいます。」

虹《にじ》は思《おも》わずわらいました。

「ええ、そうです。ほんとうはどんなものでもかわらないものはないのです。ごらんなさい。むこうの空《そら》はまっさおでしょう。まるでいい孔雀石《くじゃくいし》のようです。けれどもまもなくお日《ひ》さまがあすこをお通《とお》りになって、山《やま》へおはいりになりますと、あすこは月見草《つきみそう》の花《はな》びらのようになります。それもまもなくしぼんで、やがてたそがれまえの銀色《ぎんいろ》と、それから星《ほし》をちりばめた夜《よる》とがきます。

孔雀石：くじゃくの羽のようなみどりの石

そのころ、わたしは、どこへゆき、どこに生《う》まれているでしょう。また、この目《め》の前《まえ》の、美《うつく》しい丘《おか》や野原《のはら》も、みな一秒《びょう》ずつ《いつでも》けずられたりくずれたりしています。けれども、もしも、まことのちから《神さまのちから》が、これらのなかにあらわれるときは、すべてのおとろえるもの《よわくなっていくもの》、しわむもの《ちぢんでちいさくなるもの》、さだめないもの《うんめいのきまっていないもの》、はかないもの《すぐになくなってしまうもの》、みなかぎりないいのち《えいえんのいのち》です。わたくしでさえ、ただ三秒《びょう》ひらめくときも、半時《はんとき》《しばらく》空《そら》にかかるときもいつもおんなじよろこびです。」

「けれども、あなたは、高《たか》く光《ひかり》のそらにかかります。すべて草《くさ》や花《はな》や鳥《とり》は、みなあなたをほめて歌《うた》います。」

「それはあなたもおなじです。すべてわたしにきて、わたしをかがやかすものは、あなたをもきらめかします。わたしにあたえられたすべてのほめことばは、そのままあなたにおくられます。ごらんなさい。まことのひとみでものを見《み》る人《ひと》は、人《ひと》の王《おう》のさかえ《いちばんいき》のきわみ《おいがあるとき》をも、野《の》のゆりの一つにくらべようとはしませんでした。それは、人《ひと》のさかえをば、人《ひと》のたくらむように、しばらくまことのちから、かぎりないいのちからはなして見《み》たのです。もしその光《ひかり》のなかでならば、人《ひと》のおごりからあやしい雲《くも》とわきのぼる、ちりのなかのただ《ほんのすこし》一抹《いちまつ》も、神《かみ》の子《こ》のほめたもうた、聖《せい》なるゆりにおとるものではありません。」

「わたしを教《おし》えてください。わたしをつれていってください。わたしはどんなことでもいたします。」

「いいえわたしはどこへもゆきません。いつでもあなたのことを考《かんが》えています。すべてまことのひかりのなかに、いっしょにすむ人《ひと》は、いつでもいっしょにゆくのです。いつまでもほろびるということはありません。けれども、あなたは、もうわたしを見《み》ないでしょう。お日様《ひさま》があまり遠《とお》くなりました。もずが飛《と》びたちます。わたしはあなたにおわかれしなければなりません。」

停車場《ていしゃば》のほうで、するどい笛《ふえ》がピーと鳴《な》りました。もずはみな、いっぺんに飛《と》びたって、気《き》ちがいになったばらばらの楽譜《がくふ》のように、やかましく鳴《な》きながら、東《ひがし》のほうへ飛《と》んでゆきました。

めくらぶどうは高《たか》くさけびました。

「虹《にじ》さん。わたしをつれていってください。どこへもゆかないでください。」

虹《にじ》はかすかにわらったようでしたが、もうよほどうすくなって、はっきりわかりませんでした。

そして、いまはもう、すっかり消《き》えました。

空《そら》は銀色《ぎんいろ》の光《ひかり》をまし、あまり、もずがやかましいので、ひばりもしかたなく、その空《そら》へのぼって、すこしばかり調子《ちょうし》はずれの歌《うた》をうたいました。

声《こえ》に出《だ》して読《よ》んでみよう！

「めくらぶどうと虹《にじ》」のベスト3《スリー》

齋藤孝先生《さいとうたかしせんせい》が「めくらぶどうと虹《にじ》」のなかで
好《す》きな文章《ぶんしょう》ベスト3《スリー》はこれだ!

1

「どうかわたしのうやまいを受《う》けとってください。」

2

「ただ三秒《びょう》ひらめくときも、半時空《はんときそら》にかかるときもいつもおんなじよろこびです。」

3

「虹《にじ》さん。わたしをつれていってください。どこへもゆかないでください。」

自分《じぶん》のベスト3《スリー》を選《えら》んでみよう!

ベスト3《スリー》を考《かんが》えながら読《よ》むと、
物語《ものがたり》がしぜんと自分《じぶん》のなかに入《はい》ってくるよ。

「めくらぶどうと虹《にじ》」のかいせつ

めくらぶどうとは、野《の》ぶどうのことだよ。だれでも、心細《こころぼそ》くなるときってあると思《おも》うけど、めくらぶどうは気持《きも》ちが暗《くら》くなったときに、虹《にじ》があんまりきれいだったから、虹《にじ》に相談《そうだん》したくなっちゃうんだね。そうすると、虹《にじ》はやさしいから、めくらぶどうのことを「かわらないわたしです。」といってくれる。つまり、おなじくらいきれいで、しかもすぐに消《き》えたりしないじゃないかって、なぐさめてくれるんだ。

虹《にじ》の言葉《ことば》はすこしむずかしいけど、「どんなものも変化《へんか》していくけど、その価値《かち》は変《か》わらないんだよ。」っていってるんだ。みんなも、自分《じぶん》のことをめぐまれていないとか、ついていないとか思《おも》うことがあるかもしれないけど、そんなことはたいしたことではなくて、みんな変《か》わるんだから、いま生《い》きてることが、なによりもしあわせなんだよ。

虹《にじ》が最後《さいご》に、かすかにわらって消《き》えるところはとても印象的《いんしょうてき》だよね。日本人《にほんじん》は桜《さくら》もそうだけど、すぐに消《き》えちゃう、はかないものに気持《きも》ちをたくして、命《いのち》の大《たい》切《せつ》さを感《かん》じてきたんだね。

月夜《つきよ》のけだもの

十日《とおか》の月《つき》が西《にし》のれんがべいにかくれるまで、もう一時間《じかん》しかありませんでした。

その青《あお》じろい月《つき》のあかりをあびて、しし《ライオン》はおりのなかをのそのそあるいておりましたが、ほかのけだものどもは、頭《あたま》をまげて前《まえ》あしにのせたり、横《よこ》にごろっとねころんだりしずかにねむっていました。夜中《よなか》までおりのなかをうろうろうろうろしていたきつねさえ、おかしな顔《かお》をしてねむっているようでした。

わたくしはししのおりのところにもどってきて前《まえ》のベンチにこしかけました。

するとそこらがぼうっとけむりのようになってわたくしもそのけむりだか月《つき》のあかりだかわからなくなってしまいました。

いつのまにか、ししがりっぱな黒《くろ》いフロックコートをきて、かたをはって立《た》って、

「もうよかろうな。」といいました。

するとおくさんのししが太《ふと》い金頭《かながしら》のステッキをうやうやしくわたしました。ししはだまって受《う》けとってわきにはさんでのそりのそりとこんどは自分《じぶん》が見《み》まわりにでました。そこらは水《みず》のころころ流《なが》れる夜《よる》の野原《のはら》です。

ひのき林《ばやし》のへり《はじのほうで》でししは立《た》ちどまりました。むこうから白《しろ》いものがたいへんいそいでこっちへ走《はし》ってくるのです。

ししはめがねをなおしてきっとそれを見《み》なおしました。それは白《しろ》くまでした。ひじょうにあわてててやってきます。ししが頭《あたま》を一

つふって道《みち》にステッキをつきだしていいました。

「どうしたのだ。ひどくいそいでいるではないか。」

白《しろ》くまがびっくりして立《た》ちどまりました。その月《つき》にむいたほうのからだはぼうっと燐《りん》のように黄《き》いろにまた青《あお》じろくひかりました。

燐：マッチなどに使う火のつきやすいもの

「はい。大王《だいおう》さまでございますか。けっこうなお晩《ばん》でございます。」

けっこうなお晩：気持ちのいい夜

「どこへゆくのだ。」

「すこしたずねるものがございまして。」

「だれだ。」

「むこうの名《な》まえをついわすれまして。」

「どんなやつだ。」

「はい色《いろ》のざらざらしたものではございますが、目《め》は小《ちい》さくていつもわらっているよう。頭《あたま》には聖人《せいじん》のようなりっぱなこぶが三つございます。」

「ははあ、そのかわりすこしからだが大《おお》きすぎるのだろう。」

「はい。しかしごくおとなしゅうございます。」

「ところがそいつの鼻《はな》ときたらひどいもんだ。ぜんたい《いったい》なんの罰《ばつ》であんなにのびたんだろう。おまけにさきをくるっとまげると、まるでおれのステッキの柄《え》のようになる。」

「はい。それはまったくおおせのとおりでございます。耳《みみ》や足《あし》さきなんかはがさがさしてすこしきたのうございます。」

「そうだ。きたないとも。耳《みみ》はボロボロの麻《あさ》のハンケチあるいは焼《や》いたするめのようだ。足《あし》さきなどはことに見《み》られたものでない。まるでかわいた牛《うし》のくそだ。」

「いや、そうおっしゃってはあんまりでございます。それでお名《な》まえをなんといわれましたでございましょうか。」

「そうだ。」

「いまはどちらにおいででございましょうか。」

「おれはぞうの弟子《でし》でもなければ、きさまの小使《こづか》い《したばたらき》でもないぞ。」

「はい、失礼《しつれい》をいたしました。それではこれでごめんをこうむります。」

「ゆけゆけ。」白《しろ》くまは頭《あたま》をかきながらいっしょうけんめいむこうへ走《はし》ってゆきました。ぞうはいまごろどこかで赤《あか》い蛇《じゃ》の目《め》のかさをひろげているはずだがとわたくしは思《おも》いました。

ところがししは白《しろ》くまのあとをじっと見送《みおく》ってつぶやきました。

「白《しろ》くまめ、ぞうの弟子《でし》になろうというんだな。頭《あたま》の上《うえ》のほうがひらたくていい弟子《でし》になるだろうよ。」

そしてまたのそのそとあるきだしました。

月《つき》の青《あお》いけむりのなかに樹《き》のかげがたくさん棒《ぼう》のようになって落《お》ちました。

そのまっくろな林《はやし》のなかからきつねが赤《あか》じまの運動《うんどう》ズボンをはいてとびだしてきて、いきなりししの前《まえ》をかけぬけようとしました。ししはさけびました。

「待《ま》て。」

きつねは電気《でんき》をかけられたようにブルルッとふるえてからだじゅうから赤《あか》や青《あお》の火花《ひばな》をそこらじゅうへぱちぱちちらしてはげしく五、六ぺんまわってとまりました。なぜか口《くち》が横《よこ》のほうにひきつっていていじわるそうに見《み》えます。

ししがおちついてうでぐみをしていいました。

「きさまはまだわるいことをやめないな。このまえ首《くび》すじの毛《け》をみんなぬかれたのをもうわすれたのか。」

きつねがガタガタふるえながらいいました。

「だ、大王様《だいおうさま》。わ、わたくしは、い、いまはもうしょう、しょうじきでございます。」歯《は》がカチカチいうたびに青《あお》い火花《ひばな》はそこらへちらばりました。

「火花《ひばな》をだすな。銅《どう》くさくていかん。こら。うそをつくなよ。いまどこへゆくつもりだったのだ。」

きつねはすこしおちつきました。

「マラソンの練習《れんしゅう》でございます。」

「ほんとうだろうな。にわとりをぬすみにゆくところではなかろうな。」

「いいえ。たしかにマラソンのほうでございます。」

ししはさけびました。

「それはうそだ。それにだいいち、おまえらにマラソンなどはいらん。そんなことをしているからいつまでもりっぱにならんのだ。

いまなにを仕事《しごと》にしている。」

「百姓《ひゃくしょう》でございます。それからマラソンのほうと両方《りょうほう》でございます。」

「うそだ。百姓《ひゃくしょう》ならなにを作《つく》っている。」

「あわとひえ、あわとひえでございます。それから大豆《まめ》でございます。それからキャベジ《キャベツ》でございます。」

「おまえはあわをたべるのか。」

「それはたべません。」

「なんにするのだ。」

「にわとりにやります。」

「にわとりがあわをほしいというのか。」

「それはよくそう申《もう》します。」

「うそだ。おまえはうそばっかりいっている。おれのほうにはあちこちからたくさんうったえがきている。きょうはおまえのせなかの毛《け》をみんなむしらせるからそう思《おも》え。」

きつねはすっかりしょげて首《くび》をたれてしまいました。

「これで改心《かいしん》しなければ《わるいこころをなくす》このつぎはいっぺんにひきさいてしまうぞ。ガアッ。」

ししは大《おお》きく口《くち》をひらいて一つどなりました。

きつねはすっかりきもがつぶれてしまって《おそろしくて、ちからがぬけてしまって》ただあきれたように、ししののどの鈴《すず》のもも色《いろ》に光《ひか》るのを見《み》ています。

そのとき林《はやし》のへりのやぶがカサカサいいました。ししがむっと口《くち》をとじてまたいいました。

「だれだ。そこにいるのは。ここへでてこい。」

やぶのなかはしんとしてしまいました。

ししはしばらく鼻《はな》をひくひくさせて、またいいました。

「たぬき、たぬき。こら。かくれてもだめだぞ。でろ。いんけん《わるくて、くらい気持ち》なやつだ。」

たぬきがやぶからこそこそはいだしてだまってししの前《まえ》に立《た》ちました。

「こらたぬき。おまえは立《た》ちぎきをしていたな。」

たぬきは目《め》をこすって答《こた》えました。

「そうかな。」

そこでししはおこってしまいました。

「そうかなだって。ずるめ、きさまはいつでもそうだ。はりつけにするぞ。はりつけにしてしまうぞ。」

たぬきはやはり目《め》をこすりながら、

「そうかな。」といっています。きつねはきょろきょろその顔《かお》をぬすみ見《み》ました。ししもすこしあきれていいました。

「殺《ころ》されてもいいのか。のんきなやつだ。おまえはいま立《た》ちぎきしていたろう。」

「いいや、おらはねていた。」

「ねていたって。さいしょからねていたのか。」

「ねていた。そしてにわかに耳《みみ》もとでガアッという声《こえ》がするからびっくりして目《め》をさましたのだ。」

「ああそうか。よくわかった。おまえは無罪《むざい》だ。あとでごちそうによんでやろう。」

きつねが口《くち》をだしました。

「大王《だいおう》。こいつはうそつきです。立《た》ちぎきをしていたのです。ねていたなんてうそです。ごちそうなんてとんでもありません。」

たぬきがやっきとなって腹《はら》つづみをたたいて《おなかをたいこのようにたたいて》きつねをせめました。

「なんだい。人《ひと》を中傷《ちゅうしょう》するのか。おまえはいつでもそうだ。」

するときつねもいよいよ本気《ほんき》です。

「中傷《ちゅうしょう》というのはな。ありもしないことで人《ひと》をわるくいうことだ。

おまえが立《た》ちぎきをしていたのだからそのとおりしょうじきにいうのは中傷《ちゅうしょう》ではない。裁判《さいばん》というもんだ。」

ししがちょっとステッキをつきだしていいました。

「こら、裁判《さいばん》というのはいかん。裁判《さいばん》というのはもっとえらい人《ひと》がするのだ。」

きつねがいいました。

「まちがいました。裁判《さいばん》ではありません。評判《ひょうばん》です。」

ししがまるであからんだくりのいがのような顔《かお》をしてわらいころげました。

「アッハッハ。評判《ひょうばん》ではなんにもならない。アッハッハ。おまえたちにもあきれてしまう。アッハッハ。」

それからやっとわらうのをやめていいました。

「よしよし。たぬきはゆるしてやろう。ゆけ。」

「そうかな。ではさよなら。」とたぬきはまたやぶのなかにはいこみました。カサカサカサカサ音《おと》がだんだん遠《とお》くなります。なんでもよほど遠《とお》くのほうまでゆくらしいのです。

ししはそれをきっと見送《みおく》っていいました。

「きつね。どうだ。これからは改心《かいしん》する《わるいこころをなくす》か、どうだ。改心《かいしん》するならこんどだけゆるしてやろう。」

「へいへい。それはもう改心《かいしん》でもなんでもきっといたします。」

「改心《かいしん》でもなんでもだと。どんなことだ。」

「へいへい。その改心《かいしん》やなんか、いろいろいいことをみんなしますので。」

「ああやっぱりおまえはまだだめだ。こまったやつだ。しかたない、こんどは罰《ばっ》しなければならない。」

「大王様《だいおうさま》。改心《かいしん》だけをやります。」

「いやいや。朝《あさ》までここにいろ。夜《よ》あけまでに毛《け》をむしる係《かかり》をよこすから。もしにげたらしょうちせんぞ。」

「今月《こんげつ》の毛《け》をむしる係《かかり》はどなたでございますか。」

「さるだ。」

「さる。へい。どうかごめんをねがいます。あいつはわたしとはこのあいだから仲《なか》がわるいのでどんなひどいことをするかしれません。」

「なぜ仲《なか》がわるいのだ。おまえはなにかだましたろう。」

「いいえ。そうではありません。」

「そんならどうしたのだ。」

「さるがわたしのしかけた草《くさ》わなをこわしましたので。」

「そうか。そのわなはなにをとるためだ。」

「にわとりです。」

「ああ、あきれたやつだ。こまったもんだ。」としし は大《おお》きくため息《いき》をつきました。きつねもおいおいなきだしました。

むこうから白《しろ》くまがいちもくさんに走《はし》ってきます。ししは道《みち》へステッキをつきだしてよびとめました。

「とまれ、白《しろ》くま、とまれ。どうしたのだ。ひどくあわてているではないか。」

「はい。ぞうめがわたしの鼻《はな》をのばそうとしてあんまり強《つよ》くひっぱります。」

「ふん、そうか。けがはないか。」

「鼻血《はなぢ》をたくさんだしました。そして卒倒《そっとう》しました《気をうしなってたおれました》。」

「ふん。そうか。それぐらいならよかろう。しかしおまえはぞうの弟子《でし》になろうといったのか。」

「はい。」

「そうか。あんなに鼻《はな》がのびるには天才《てんさい》でなくてはだめだ。ひっぱるくらいでできるもんじゃない。」

「はい。まったくでございます。あ、追《お》いかけてまいりました。

どうかよろしくおねがいいたします。」

白《しろ》くまはししのかげにかくれました。

ぞうが地面《じめん》をみしみしいわせて走《はし》ってきましたのでししがまたステッキをつきだしてさけびました。

「とまれ、ぞう。とまれ。白《しろ》くまはここにいる。おまえはだれをさがしているんだ。」

「白《しろ》くまです。わたしの弟子《でし》になろうといいます。」

「うん。そうか。しかし白《しろ》くまはごくおとなしいから、おまえの弟子《でし》にならなくてもよかろう。白《しろ》くまはじつにむじゃきな君子《くんし》だ。それよりこのきつねをすこし教育《きょういく》してやってもらいたいな。せめてうそをつかないくらいまでな。」

「そうですか。いや、しょうちいたしました。」

「いま毛《け》をみんなむしろうと思《おも》ったのだがあんまりかわいそうでな。教育料《きょういくりょう》はわしからだそう。一か月《げつ》八百円《えん》にまけてくれ。今《こん》月分《げつぶん》だけはやっておこう。」ししはチョッキのかくし《うちポケット》から大《おお》きながま口《ぐち》《口金のついたさいふ》をだして、せんべいいくらいある金貨《きんか》を八つとりだしてぞうにわたしました。ぞうは鼻《はな》でうけとって耳《みみ》のなかにしまいました。

「さあゆけ。きつね。よくいうことをきくんだぞ。それから、ぞう。きつねはおれからあずかったんだから鼻《はな》をむやみにひっぱらないでくれ。よし。さあみんなゆけ。」

白《しろ》くまもぞうもきつねもみんな立《た》ちあがりました。

きつねは首《くび》をたれてそれでもきょろきょろあちこちをぬすみ見《み》

ながらぞうについてゆき、白《しろ》くまは鼻《はな》をおさえてうちのほうへいそぎました。

ししは葉巻《はまき》をくわえマッチをすって黒《くろ》い山《やま》へしずむ十日《とおか》の月《つき》をじっとながめました。

そこでみんなは目《め》がさめました。十日《とおか》の月《つき》はほんとうにいま山《やま》へはいるところです。

きつねもたくさんくしゃみをして起《お》きあがってうろうろうろうろうろおりのなかをあるきながら、むこうのししのおりのなかにいるまっくろな大《おお》きなけものをやみをすかしてちょっと見《み》ました。

声《こえ》に出《だ》して読《よ》んでみよう！

「月夜《つきよ》のけだもの」のベスト3《スリー》

齋藤孝先生《さいとうたかしせんせい》が「月夜《つきよ》のけだもの」のなかで
好《す》きな文章《ぶんしょう》ベスト3《スリー》はこれだ!

1

「ずるめ、きさまはいつでもそうだ。はりつけにするぞ。はりつけにしてしまうぞ。」

2

「大王様《だいおうさま》。改心《かいしん》だけをやります。」

3

「あんなに鼻《はな》がのびるには天才《てんさい》でなくてはだめだ。」

自分《じぶん》のベスト3《スリー》を選《えら》んでみよう!

ベスト3《スリー》を考《かんが》えながら読《よ》むと、
物語《ものがたり》がしぜんと自分《じぶん》のなかに入《はい》ってくるよ。

「月夜《つきよ》のけだもの」のかいせつ

夜《よる》の動物園《どうぶつえん》には行《い》ったことはないけど、動物《どうぶつ》たちがどんな夢《ゆめ》を見《み》ているのか想像《そうぞう》すると、おもしろいよね。

最初《さいしょ》の場面《ばめん》では、夜中《よなか》に動物園《どうぶつえん》のライオンのおりのところにいると、ボーっとしてきて、夢《ゆめ》の世界《せかい》にいってしまう。たぶん、動物《どうぶつ》たちもみんなおなじ夢《ゆめ》を見《み》ていて、その世界《せかい》では、ライオンはりっぱなコートを着《き》て、大王様《だいおうさま》として見まわりをしているんだ。

この物語《ものがたり》のおもしろいところは、大王様《だいおうさま》に対《たい》してのいいわけの会話《かいわ》。いいわけのうまい白《しろ》くまや、いつのまにかゆるしてもらえるたぬき。一方《いっぽう》で、なにをいってもおこられてしまうきつねがいたりする。コツは、すぐにあやまって、大王様《だいおうさま》をわらわせて、ごきげんにさせちゃうこと。そうすれば、ゆるしてもらえるんだね。こういう、大王様《だいおうさま》みたいながんこおやじが、ほんとうにいたら、きつねみたいないいわけはしないほうがいいよ。

ぼくが子《こ》どものときには、動物《どうぶつ》の模型《もけい》のおもちゃがあって、それをならべて、いろんな物語《ものがたり》を想像《そうぞう》して遊《あそ》んだけど、いまのゲームよりおもしろかったよ！

気《き》のいい火山弾《かざんだん》

ある死火山《しかざん》《もうばくはつしない火山》のすそ野《の》のかしわの木《き》のかげに、「ベゴ」というあだ名《な》の大《おお》きな黒《くろ》い石《いし》が、ながいことじいっとすわっていました。

「ベゴ」という名《な》は、そのへんの草《くさ》の中《なか》にあちこち散《ち》らばった、かどのあるあまり大《おお》きくない黒《くろ》い石《いし》どもが、つけたのでした。ほかに、りっぱな、ほんとうの名《な》まえもあったのでしたが、「ベゴ」石《いし》もそれを知《し》りませんでした。

　ベゴ石《いし》は、かどがなくて、ちょうど卵《たまご》の両《りょう》はじを、すこしひらたくのばしたような形《かたち》でした。そして、ななめに二本《ほん》の石《いし》の帯《おび》のようなものが、からだをまいてありました。ひじょうに、たちがよくて《せいかくがよくて》、いっぺんもおこったことがないのでした。

　それですから、ふかい霧《きり》がこめて、空《そら》も山《やま》もむこうの野原《のはら》もなんにも見《み》えずたいくつな日《ひ》は、かどのある石《いし》どもは、みんな、ベゴ石《いし》をからかって遊《あそ》びました。

「ベゴさん。こんちは。おなかのいたいのは、なおったかい。」

「ありがとう。ぼくは、おなかがいたくなかったよ。」とベゴ石《いし》は、霧《きり》の中《なか》でしずかにいいました。

「アァハハハハ。アァハハハハハ。」かどのある石《いし》は、みんないちどにわらいました。

「ベゴさん。こんちは。ゆうべは、ふくろうがおまえさんに、とうがらしを持《も》ってきてやったかい。」

「いいや。ふくろうは、ゆうべ、こっちへこなかったようだよ。」

「アァハハハハ。アァハハハハハ。」かどのある石《いし》は、もう大《おお》わらいです。

「ベゴさん。こんちは。きのうの夕方《ゆうがた》、霧《きり》の中《なか》で、野馬《のうま》がおまえさんに小便《しょうべん》をかけたろう。気《き》のどくだったね。」

「ありがとう。おかげで、そんなめには、あわなかったよ。」

「アァハハハハ。アァハハハハハ。」みんな大《おお》わらいです。

「ベゴさん。こんちは。こんど新《あたら》しい法律《ほうりつ》がでてね、まるいものや、まるいようなものは、みんな卵《たまご》のように、パチンとわってしまうそうだよ。おまえさんも早《はや》くにげたらどうだい。」

「ありがとう。ぼくは、まんまる大将《たいしょう》のお日《ひ》さんといっしょに、パチンとわられるよ。」

「アァハハハハ。アァハハハハハ。どうもばかで手《て》がつけられな

い。」

ちょうどそのとき、霧《きり》がはれて、お日《ひ》さまの光《ひかり》が黄金色《きんいろ》にさし、青《あお》ぞらがいっぱいにあらわれましたので、かどのある石《いし》どもは、みんな雨《あめ》のお酒《さけ》のことや、雪《ゆき》のだんごのことを考《かんが》えはじめました。そこでベゴ石《いし》も、しずかに、まんまる大将《たいしょう》の、お日《ひ》さまと青《あお》ぞらとを見《み》あげました。

その次《つぎ》の日《ひ》、また、霧《きり》がかかりましたので、かど石《いし》どもは、またベゴ石《いし》をからかいはじめました。じつは、ただからかったつもりだっただけです。

「ベゴさん。おれたちは、みんな、かどがしっかりしているのに、おまえさんばかり、なぜそんなにくるくるしてるだろうね。いっしょに噴火《ふんか》のとき、落《お》ちてきたのにね。」

「ぼくは、生《う》まれてまだまっかに燃《も》えて空《そら》をのぼるとき、くるくるくるくる、からだがまわったからね。」

「ははあ、ぼくたちは、空《そら》へのぼるときも、のぼるぐらいのぼって、ちょっととまったときも、それから落《お》ちてくるときも、いつも、じっとしていたのに、おまえさんだけは、なぜそんなに、くるくるまわったろうね。」

そのくせ、こいつらは、噴火《ふんか》でくだけて、まっくろなけむりといっしょに、空《そら》へのぼったときは、みんな気絶《きぜつ》していたのです。

「さあ、ぼくはいっこうまわろうとも思《おも》わなかったが、ひとりでからだがまわってしかたなかったよ。」

「ははあ、なにかこわいことがあると、ひとりでからだがふるえるからね。おまえさんも、ことによったら、おくびょうのためかもしれないよ。」

「そうだ。おくびょうのためだったかもしれないね。じっさい、あのときの、音《おと》や光《ひかり》はたいへんだったからね。」

「そうだろう。やっぱり、おくびょうのためだろう。ハッハハハハッハ、ハハハハハ。」

かどのある石《いし》は、いっしょに大声《おおごえ》でわらいました。そのとき、霧《きり》がはれましたので、かどのある石《いし》は、空《そら》をむいて、てんでに勝《かっ》手《て》なことを考《かんが》えはじめました。

ベゴ石《いし》も、だまって、かしわの葉《は》のひらめきをながめました。

それから何《なん》べんも、雪《ゆき》がふったり、草《くさ》がはえたりしました。かしわは、何《なん》べんも古《ふる》い葉《は》を落《お》として、新《あたら》しい葉《は》をつけました。

ある日《ひ》、かしわがいいました。

「ベゴさん。ぼくとあなたが、おとなりになってから、もうずいぶんひさしいもんですね。」

「ええ。そうです。あなたは、ずいぶん大《おお》きくなりましたね。」

「いいえ。しかしぼくなんか、前《まえ》はまるで小《ちい》さくて、あなたのことを、黒《くろ》いとほうもない山《やま》だと思《おも》っていたんです。」

「はあ、そうでしょうね。今《いま》はあなたは、もうぼくの五倍《ばい》もせいが高《たか》いでしょう。」

「そういえばまあそうですね。」

かしわは、すっかり、うぬぼれて、えだをピクピクさせました。

はじめは仲間《なかま》の石《いし》どもだけでしたが、あんまりベゴ石《いし》が気《き》がいいのでだんだんみんなばかにしだしました。おみなえしが、こういいました。

黄いろの花をつける、秋の七草のひとつ

「ベゴさん。ぼくは、とうとう、黄金《きん》のかんむりをかぶりましたよ。」

「おめでとう。おみなえしさん。」

「あなたは、いつ、かぶるのですか。」

「さあ、まあわたしはかぶりませんね。」

「そうですか。お気《き》のどくですね。しかし。いや。はてな。あなたも、もうかんむりをかぶってるではありませんか。」

おみなえしは、ベゴ石《いし》の上《うえ》に、このごろはえた小《ちい》さなこけを見《み》て、いいました。

ベゴ石《いし》はわらって、

「いやこれはこけですよ。」

「そうですか。あんまり見《み》ばえがしませんね。」

それから十日《とおか》ばかりたちました。おみなえしはびっくりしたようにさけびました。

「ベゴさん。とうとう、あなたも、かんむりをかぶりましたよ。つまり、あなたの上《うえ》のこけがみな赤《あか》ずきんをかぶりました。おめでとう。」

ベゴ石《いし》は、にがわらいをしながら、なにげなくいいました。

「ありがとう。しかしその赤《あか》ずきんは、こけのかんむりでしょう。わたしのではありません。わたしのかんむりは、いまに野原《のはら》いちめん、銀色《ぎんいろ》にやってきます。」

このことばが、もうおみなえしのきもを、つぶして《おみなえしを、おどろかせて》しまいました。

「それは雪《ゆき》でしょう。たいへんだ。たいへんだ。」

ベゴ石《いし》も気《き》がついて、おどろいておみなえしをなぐさめました。

「おみなえしさん。ごめんなさい。雪《ゆき》がきて、あなたはいやでしょうが、毎年《まいとし》のことでしかたもないのです。そのかわり、来年雪《らいねんゆき》が消《き》えたら、きっとすぐまたいらっしゃい。」

おみなえしは、もう、へんじをしませんでした。またその次《つぎ》の日《ひ》のことでした。蚊《か》が一ぴきくうんくうんとうなってやってきました。

「どうも、この野原《のはら》には、むだなものがたくさんあっていかんな。たとえば、このベゴ石《いし》のようなものだ。ベゴ石《いし》のごときは、なんのやくにもたたない。もぐらのようにつちをほって、空気《くうき》をしんせんにするということもしない。草《くさ》っぱのようにつゆをきらめかして、われわれの目《め》の病《やまい》をなおすということもない。くううん。くううん。」といいながら、またむこうへ飛《と》んでいきました。

ベゴ石《いし》の上《うえ》のこけは、前《まえ》からいろいろ悪口《わるくち》を聞《き》いていましたが、ことに、今《いま》の蚊《か》の悪口《わるくち》を聞《き》いて、いよいよベゴ石《いし》を、ばかにしはじめました。

そして、赤《あか》い小《ちい》さなずきんをかぶったまま、おどりはじめました。

「ベゴ黒助《くろすけ》、ベゴ黒助《くろすけ》、
黒助《くろすけ》どんどん、
あめがふっても、黒助《くろすけ》どんどん、
日《ひ》が照《て》っても、黒助《くろすけ》どんどん。

ベゴ黒助《くろすけ》、ベゴ黒助《くろすけ》、
黒助《くろすけ》どんどん、
千年《ねん》たっても、黒助《くろすけ》どんどん、
万年《まんねん》たっても、黒助《くろすけ》どんどん。」

ベゴ石《いし》はわらいながら、

「うまいよ。なかなかうまいよ。しかしその歌《うた》は、ぼくはかまわないけれど、おまえたちには、よくないことになるかもしれないよ。ぼくがひとつ作《つく》ってやろう。これからは、そっちをおやり。ね、そら、

お空《そら》。お空《そら》。お空《そら》のちちは、
つめたい雨《あめ》の　ザァザザザ、
かしわのしずくトンテントン、
まっしろきりのポッシャントン。
お空《そら》。お空《そら》。お空《そら》のひかり、
おてんとさまは、カンカンカン、

月《つき》のあかりは、ツンツンツン、
ほしのひかりの、ピッカリコ。」

「そんなものだめだ。おもしろくもなんともないや。」

「そうか。ぼくは、こんなこと、まずいからね《うまくできないからね》。」

ベゴ石《いし》は、しずかに口《くち》をつぐみました。

そこで、野原《のはら》じゅうのものは、みんな口《くち》をそろえて、ベゴ石《いし》をあざけりました。

「なんだ。あんな、ちっぽけな赤《あか》ずきんに、ベゴ石《いし》め、へこまされてるんだ。もうおいらは、あいつとは絶交《ぜっこう》だ《つきあわない》。みっともない。黒助《くろすけ》め。黒助《くろすけ》、どんどん。ベゴどんどん。」

そのとき、むこうから、めがねをかけた、せいの高《たか》いりっぱな四人《にん》の人《ひと》たちが、いろいろなピカピカする器械《きかい》をもって、野原《のはら》をよこぎってきました。その中《なか》の一人《ひとり》が、ふとベゴ石《いし》を見《み》ていいました。

「あ、あった、あった。すてきだ。じつにいい標本《ひょうほん》だね。火山弾《かざんだん》の典型《てんけい》だ。こんなとのったのは、はじめて見《み》たぜ。あの帯《おび》の、きちんとしてることね。もうこれだけでもこんどの旅行《りょこう》はたくさん《じゅうぶんだよ》だよ。」

「うん。じつによくととのってるね。こんなりっぱな火山弾《かざんだん》は、大英博物館《だいえいはくぶつかん》にだってないぜ。」

みんなは器械《きかい》を草《くさ》の上《うえ》において、ベゴ石《いし》をまわってさすったりなでたりしました。

「どこの標本《ひょうほん》でも、この帯《おび》の完全《かんぜん》なのはないよ。どうだい。空《そら》でぐるぐるやったときのぐあいが、じつによくわかるじゃないか。すてき、すてき。今日《きょう》すぐもってゆこう。」

みんなは、また、むこうのほうへ行《い》きました。かどのある石《いし》は、だまってため息《いき》ばかりついています。そして気《き》のいい火山弾《かざんだん》は、だまってわらっておりました。

ひるすぎ、野原《のはら》のむこうから、またキラキラめがねや器械《きかい》が光《ひか》って、さっきの四人《にん》の学者《がくしゃ》と、村《むら》の人《ひと》たちと、一台《だい》の荷馬車《にばしゃ》がやってまいりました。

そして、かしわの木《き》の下《した》にとまりました。

「さあ、たいせつな標本《ひょうほん》だから、こわさないようにしてくれたま

え。よくつつんでくれたまえ。こけなんかむしってしまおう。」

こけは、むしられてなきました。火山弾《かざんだん》はからだを、ていねいに、きれいなわらや、むしろにつつまれながら、いいました。

「みなさん。ながながお世話《せわ》でした。こけさん。さよなら。さっきの歌《うた》を、あとでいっぺんでも、うたってください。わたしの行《ゆ》くところは、ここのように明《あか》るい楽《たの》しいところではありません。けれども、わたしどもは、みんな、自分《じぶん》でできることをしなければなりません。さよなら。みなさん。」

「東京帝国大学校地質学教室行《とうきょうていこくだいがっこうちしつがくきょうしつゆき》、」と書《か》いた大《おお》きな札《ふだ》がつけられました。

そして、みんなは、「よいしょ。よいしょ。」といいながらつつみを、荷馬車《にばしゃ》へのせました。

「さあ、よし、行《ゆ》こう。」

馬《うま》はプルルルと鼻《はな》を一つ鳴《な》らして、青《あお》い青《あお》いむこうの野原《のはら》のほうへ、歩《ある》きだしました。

声《こえ》に出《だ》して読《よ》んでみよう！

「気《き》のいい火山弾《かざんだん》」のベスト3《スリー》

齋藤孝先生《さいとうたかしせんせい》が「気《き》のいい火山弾《かざんだん》」のなかで
好《す》きな文章《ぶんしょう》ベスト3《スリー》はこれだ!

1

「ぼくは、生《う》まれてまだまっかに燃《も》えて空《そら》をのぼるとき、くるくるくるくる、からだがまわったからね。」

2

「ベゴ黒助《くろすけ》、ベゴ黒助《くろすけ》、黒助《くろすけ》どんどん、千年《ねん》たっても、黒助《くろすけ》どんどん、万年《まんねん》たっても、黒助《くろすけ》どんどん。」

3

「こんなりっぱな火山弾《かざんだん》は、大英博物館《だいえいはくぶつかん》にだってないぜ。」

自分《じぶん》のベスト3《スリー》を選《えら》んでみよう!

ベスト3《スリー》を考《かんが》えながら読《よ》むと、
物語《ものがたり》がしぜんと自分《じぶん》のなかに入《はい》ってくるよ。

「気《き》のいい火山弾《かざんだん》」のかいせつ

宮沢賢治《みやざわけんじ》の物語《ものがたり》では、ふつうでは主人公《しゅじんこう》にならないものが、主人公《しゅじんこう》になっているのがおもしろいね。この作品《さくひん》では、火山弾《かざんだん》、つまり火山《かざん》から噴火《ふんか》で飛《と》んできた石《いし》が主人公《しゅじんこう》なんだ。ほかにも、こけや蚊《か》も、登場《とうじょう》してきて、たのしそうに話《はな》してる。ぼくは、それがおもしろいと思《おも》うんだ。

しかも、ベゴ石《いし》は「気《き》のいい」石《いし》なんだね。ぼくは「上機嫌《じょうきげん》」という言葉《ことば》が好《す》きで、人《ひと》と会《あ》ってるときはできるだけ機嫌《きげん》をよくするようにしている。そのほうがおたがい、たのしい気持《きも》ちになれるでしょう。「気《き》のいい」もそんな感《かん》じで、まわりが笑顔《えがお》になるような、のんきでごきげんな感《かん》じがするよね。この話《はなし》でも、アァハハハハとわらっているよね。ぼくは、みんなにも「気《き》のいい」人《ひと》になってもらいたいと思《おも》って、この物語《ものがたり》を選《えら》んだんだ。

最後《さいご》、ベゴ石《いし》が人間《にんげん》に連《つ》れていかれる場面《ばめん》でも、みんなとわかれて、たぶん暗《くら》い標本室《ひょうほんしつ》に入《い》れられてしまうんだけど、ベゴ石《いし》はちゃんと明《あか》るくあいさつしてわかれる。それも、さわやかでいいよね。

やまなし

小《ちい》さな谷川《たにがわ》の底《そこ》をうつした二枚《まい》の青《あお》い幻灯《げんとう》（光をあてて見る絵）です。

一、五月《がつ》

二ひきのかにの子《こ》どもらが青《あお》じろい水《みず》の底《そこ》で話《はな》していました。

「クラムボンはわらったよ。」

「クラムボンはかぷかぷわらったよ。」

「クラムボンははねてわらったよ。」

「クラムボンはかぷかぷわらったよ。」

上《うえ》のほうや横《よこ》のほうは、青《あお》く暗《くら》く鋼《はがね》のように見《み》えます。そのなめらかな天《てん》じょうを、つぶつぶ暗《くら》いあわがながれていきます。

「クラムボンはわらっていたよ。」

「クラムボンはかぷかぷわらったよ。」

「それならなぜクラムボンはわらったの。」

「知《し》らない。」

つぶつぶあわがながれていきます。かにの子《こ》どももぽつぽつぽつとつづけて五、六つぶあわをはきました。それはゆれながら水銀《すいぎん》のように光《ひか》ってななめに上《うえ》のほうへのぼっていきました。

つうと銀《ぎん》のいろの腹《はら》をひるがえして、一ぴきの魚《さかな》が頭《あたま》の上《うえ》をすぎていきました。

「クラムボンは死《し》んだよ。」

「クラムボンは殺《ころ》されたよ。」

「クラムボンは死《し》んでしまったよ……。」

「殺《ころ》されたよ。」

「それならなぜ殺《ころ》された。」にいさんのかには、その右側《みぎがわ》の四本《ほん》のあしのなかの二本《ほん》を、弟《おとうと》のひらべったい頭《あたま》にのせながらいいました。

「わからない。」

魚《さかな》がまたツウともどって下流《しも》のほうへいきました。

「クラムボンはわらったよ。」

「わらった。」

にわかにパッと明《あか》るくなり、日光《にっこう》の黄金《きん》はゆめのように水《みず》のなかにふってきました。

波《なみ》からくる光《ひかり》のあみが、底《そこ》の白《しろ》い岩《いわ》の上《うえ》で美《うつく》しくゆらゆらのびたりちぢんだりしました。あわや小《ちい》さなごみからはまっすぐなかげの棒《ぼう》が、ななめに水《みず》のなかにならんで立《た》ちました。

魚《さかな》がこんどはそこらじゅうの黄金《きん》の光《ひかり》をまるっきりくちゃくちゃにしておまけに自分《じぶん》は鉄《てつ》いろにへんに底《そこ》びかりして、また上流《かみ》のほうへのぼりました。

「お魚《さかな》はなぜああいったりきたりするの。」

弟《おとうと》のかにがまぶしそうに目《め》を動《うご》かしながらたずねました。

「なにか悪《わる》いことをしてるんだよ。とってるんだよ。」

「とってるの。」

「うん。」

そのお魚《さかな》がまた上流《かみ》からもどってきました。こんどはゆっくりおちついて、ひれも尾《お》も動《うご》かさずただ水《みず》にだけながされながらお口《くち》をわのようにまるくしてやってきました。そのかげは黒《くろ》くしずかに底《そこ》の光《ひかり》のあみの上《うえ》をすべりました。

「お魚《さかな》は……。」

そのときです。にわかに天《てん》じょうに白《しろ》いあわがたって、青《あお》びかりのまるでぎらぎらする鉄砲《てっぽう》だまのようなものが、いきなりとびこんできました。

にいさんのかにははっきりとその青《あお》いもののさきがコンパスのように黒《くろ》くとがっているのも見《み》ました。と思《おも》ううちに、魚《さかな》の白《しろ》い腹《はら》がぎらっと光《ひか》って一ぺんひるがえり、上《うえ》のほうへのぼったようでしたが、それっきりもう青《あお》いものも魚《さかな》のかたちも見《み》えず光《ひかり》の黄《き》金《ん》のあみはゆらゆらゆれ、あわはつぶつぶながれました。

二ひきはまるで声《こえ》もでず、いすくまって《おどろいて、かたまって》しまいました。

おとうさんのかにがでてきました。

「どうしたい。ぶるぶるふるえているじゃないか。」

「おとうさん、いまおかしなものがきたよ。」

「どんなもんだ。」

「青《あお》くてね、光《ひか》るんだよ。はじがこんなに黒《くろ》くとがってるの。それがきたらお魚《さかな》が上《うえ》へのぼっていったよ。」

「そいつの目《め》が赤《あか》かったかい。」

「わからない。」

「ふうん。しかし、そいつは鳥《とり》だよ。かわせみというんだ。だいじょうぶだ、安心《あんしん》しろ。おれたちはかまわないんだから。」

「おとうさん、お魚《さかな》はどこへいったの。」

「魚《さかな》かい。魚《さかな》はこわいところへいった。」

「こわいよ、おとうさん。」

「いい、いい、だいじょうぶだ。心配《しんぱい》するな。そら、かばの花《はな》がながれてきた。ごらん、きれいだろう。」

あわといっしょに、白《しろ》いかばの花《はな》びらが天《てん》じょうをたくさんすべってきました。

「こわいよ、おとうさん。」弟《おとうと》のかにもいいました。

光《ひかり》のあみはゆらゆら、のびたりちぢんだり、花《はな》びらのかげはしずかに砂《すな》をすべりました。

二、十二月《がつ》

かにの子《こ》どもらはもうよほど大《おお》きくなり、底《そこ》のけしきも夏《なつ》から秋《あき》のあいだにすっかりかわりました。

白《しろ》いやわらかなまる石《いし》もころがってき、小《ちい》さな錐《きり》の形《かたち》の水晶《すいしょう》《とがった、ほそながい形の》のつぶや、金雲母《きんうんも》《きらきらした石》のかけらもながれてきてとまりました。

そのつめたい水《みず》の底《そこ》まで、ラムネのびんの月光《げっこう》がいっぱいにすきとおり天《てん》じょうでは波《なみ》が青《あお》じろい火《ひ》を、もやしたりけしたりしているよう、あたりはしんとして、ただいかにも遠《とお》くからというように、その波《なみ》の音《おと》がひびいてくるだけです。

かにの子《こ》どもらは、あんまり月《つき》が明《あか》るく水《みず》がきれいなのでねむらないで外《そと》にでて、しばらくだまってあわをはいて天《てん》じょうのほうを見《み》ていました。

「やっぱりぼくのあわは大《おお》きいね。」

「にいさん、わざと大《おお》きくはいてるんだい。ぼくだってわざとならもっと大《おお》きくはけるよ。」

「はいてごらん。おや、たったそれきりだろう。いいかい、にいさんがはくから見《み》ておいで。そら、ね、大《おお》きいだろう。」

「大《おお》きかないや、おんなじだい。」

「近《ちか》くだから自分《じぶん》のが大《おお》きく見《み》えるんだよ。そんならいっしょにはいてみよう。いいかい、そら。」

「やっぱりぼくのほう大《おお》きいよ。」

「ほんとうかい。じゃ、も一つはくよ。」

「だめだい、そんなにのびあがっては。」

またおとうさんのかにがでてきました。

「もうねろねろ。おそいぞ、あしたイサド《作者のつけた地名》へつれてゆかんぞ。」

「おとうさん、ぼくたちのあわどっち大《おお》きいの。」

「それはにいさんのほうだろう。」

「そうじゃないよ、ぼくのほう大《おお》きいんだよ。」弟《おとうと》のかにはなきそうになりました。

そのとき、トブン。

黒《くろ》いまるい大《おお》きなものが、天《てん》じょうから落《お》ちてずうっとしずんでまた上《うえ》へのぼっていきました。キラキラッと黄金《きん》のぶちがひか

りました。

「かわせみだ。」子《こ》どもらのかにはくびをすくめていいました。

おとうさんのかには、遠《とお》めがねのような両方《りょうほう》の目《め》をあらんかぎりのばして、よくよく見《み》てからいいました。

「そうじゃない、あれはやまなし（山にできる、野生のなし）だ、ながれてゆくぞ、ついていってみよう、ああいいにおいだな。」

なるほど、そこらの月《つき》あかりの

水《みず》のなかは、やまなしのいいにおいでいっぱいでした。

三びきはぼかぼかながれていくやまなしのあとを追《お》いました。

その横《よこ》あるきと、底《そこ》の黒《くろ》い三つのかげぼうしが、あわせて六つおどるようにして、やまなしのまるいかげを追《お》いました。

まもなく水《みず》はサラサラ鳴《な》り、天《てん》じょうの波《なみ》はいよいよ青《あお》いほのおをあげ、やまなしは横《よこ》になって木《き》のえだにひっかかってとまり、その上《うえ》には月光《げっこう》の虹《にじ》がもかもか集《あつ》まりました。

「どうだ、やっぱりやまなしだよ、よくじゅくしている、いいにおいだろう。」

「おいしそうだね、おとうさん。」

「待《ま》て待《ま》て、もう二日《ふつか》ばかり待《ま》つとね、こいつは下《した》へしずんでくる、それからひとりでにおいしいお酒《さけ》ができるから、さあ、もう帰《かえ》ってねよう、おいで。」

親子《おやこ》のかには三びき自分《じぶん》らのあなに帰《かえ》っていきます。

波《なみ》はいよいよ青《あお》じろいほのおをゆらゆらとあげました、それはまた金剛石《こんごうせき》《ダイヤモンド》の粉《こな》をはいているようでした。

◆

わたしの幻灯《げんとう》はこれでおしまいであります。

声《こえ》に出《だ》して読《よ》んでみよう！

「やまなし」のベスト3《スリー》

齋藤孝先生《さいとうたかしせんせい》が「やまなし」のなかで
好《す》きな文章《ぶんしょう》ベスト3《スリー》はこれだ！

1

小《ち》さな谷川《たにがわ》の底《そこ》をうつした二枚《まい》の青《あお》い幻灯《げんとう》です。

2

「クラムボンはわらったよ。」
「クラムボンはかぷかぷわらったよ。」

3

波《なみ》はいよいよ青《あお》じろいほのおをゆらゆらとあげました、
それはまた金剛石《こんごうせき》の粉《こな》をはいているようでした。

自分《じぶん》のベスト3《スリー》を選《えら》んでみよう！

ベスト3《スリー》を考《かんが》えながら読《よ》むと、
物語《ものがたり》がしぜんと自分《じぶん》のなかに入《はい》ってくるよ。

「やまなし」のかいせつ

これは、川《かわ》の底《そこ》から見《み》た風景《ふうけい》の物語《ものがたり》。ふしぎな感《かん》じがすると思《おも》うけど、賢治《けんじ》は川《かわ》が光《ひかり》をあびてキラキラするのがすごく好《す》きだったんだ。水面《すいめん》が波《なみ》うってると、光《ひかり》が水《みず》にうつってできる影《かげ》が網《あみ》みたいに見《み》えるんだけど、そういうのってきれいだよね。

川底《かわぞこ》のほうから上《うえ》を見《み》ると、いろんなものがぷかぷか浮《う》いて流《なが》れていく。ときには、かわせみが魚《さかな》をとっていったりもするから、かにの子《こ》どもたちも安全《あんぜん》じゃないんだね。

「クラムボンは死《し》んだよ。」「殺《ころ》されたよ。」って、どきっとしてこわいよね。でも、このクラムボンは最後《さいご》までなんだかわからない。人間《にんげん》の世界《せかい》にはない言葉《ことば》で、かにの世界《せかい》の言葉《ことば》なのかもしれないね。

全体《ぜんたい》に、この物語《ものがたり》は夢《ゆめ》のなかにいるような、ぼんやりとした、あいまいな感《かん》じだね。でも、それがふしぎできれいな印象《いんしょう》になっているんだね。

この話《はなし》は、二人《ふたり》で劇《げき》をやってみるのもおもしろい。セリフをかわりばんこに読《よ》んでいくと、役者《やくしゃ》になった気分《きぶん》になれるよ。リラックスしてしぜんに読《よ》んでみよう！

注文《ちゅうもん》の多《おお》い料理店《りょうりてん》

ふたりのわかい紳士《しんし》が、すっかりイギリスの兵隊《へいたい》のかたちをして、ぴかぴかする鉄砲《てっぽう》をかついで、白《しろ》くまのような犬《いぬ》を二ひきつれて、だいぶ山《やま》おくの、木《き》の葉《は》のかさかさしたとこを、こんなことをいいながら、あるいておりました。

「ぜんたい、ここらの山《やま》はけしからんね。鳥《とり》もけものも一ぴきもいやがらん。なんでもかまわないから、はやくタンタアーンと、やってみたいもんだなあ。」

「しかの黄《き》いろな横《よこ》っ腹《ぱら》なんぞに、二、三発《ぱつ》おみまいもうしたら、ずいぶん痛《つう》快《かい》だろうねえ。くるくるまわって、それからどたっとたおれるだろうねえ。」

それはだいぶの山《やま》おくでした。案内《あんない》してきた専門《せんもん》の鉄砲《てっぽう》打ちも、ちょっとまごついて、どこかへいってしまったくらいの山《やま》おくでした。

それに、あんまり山《やま》がものすごいので、その白《しろ》くまのような犬《いぬ》が、二ひきいっしょにめまいをおこして、しばらくうなって、それからあわをはいて死《し》んでしまいました。

「じつにぼくは、二千四百円《えん》の損害《そんがい》だ。」とひとりの紳士《しんし》が、その犬《いぬ》のまぶたを、ちょっとかえしてみていいました。

「ぼくは二千八百円《えん》の損害《そんがい》だ。」と、もひとりが、くやしそうに、あたまをまげていいました。

はじめの紳士《しんし》は、すこし顔《かお》いろをわるくして、じっと、もひとりの紳士《しんし》の、顔《かお》つきを見《み》ながらいいました。

「ぼくはもうもどろうとおもう。」

「さあ、ぼくもちょうど寒《さむ》くはなったし腹《はら》はすいてきたしもどろうとおもう。」

「そいじゃ、これできりあげよう。なあにもどりに《かえりがけに》、きのうの宿屋《やどや》で、山鳥《やまどり》を十円《えん》も買《か》って帰《かえ》ればいい。」

「うさぎもでていたねえ。そうすればけっきょくおんなじこった。では帰《かえ》ろうじゃないか。」

ところがどうもこまったことは、どっちへいけばもどれるのか、いっこうけんとうがつかなくなっていました。

風《かぜ》がどうとふいてきて、草《くさ》はざわざわ、木《き》の葉《は》はかさかさ、木《き》はごとんごとんと鳴《な》りました。

「どうも腹《はら》がすいた。さっきから横《よこ》っ腹《ぱら》がいたくてたまらないんだ。」

「ぼくもそうだ。もうあんまりあるきたくないな。」

「あるきたくないよ。ああこまったなあ、なにか食《た》べたいなあ。」

「食《た》べたいもんだなあ。」

ふたりの紳士《しんし》は、ざわざわ鳴《な》るすすきのなかで、こんなことをいいました。

そのときふとうしろを見《み》ますと、りっぱな一けんの西洋《せいよう》づくりのうちがありました。

そして玄関《げんかん》には、

RESTAURANT
西洋料理店
WILDCAT HOUSE
山猫軒

という札《ふだ》がでていました。

「きみ、ちょうどいい。ここはこれでなかなかひらけてるんだ。はいろうじゃないか。」

「おや、こんなとこにおかしいね。しかしとにかくなにか食事《しょくじ》ができるんだろう。」

「もちろんできるさ。かんばんにそう書《か》いてあるじゃないか。」

「はいろうじゃないか。ぼくはもうなにか食《た》べたくてたおれそうなんだ。」

ふたりは玄関《げんかん》に立《た》ちました。玄関《げんかん》は白《しろ》いせと《とうき》のレンガでくんで、じつにりっぱなもんです。

そしてガラスのひらき戸《ど》がたって、そこに金文字《きんもじ》でこう書《か》いてありました。

「どなたもどうかおはいりください。けっしてごえんりょはありません。」

ふたりはそこで、ひどくよろこんでいいました。

「こいつはどうだ、やっぱり世《よ》のなかはうまくできてるねえ、きょう一日《にち》なん《たいへん》ぎした《だった》けれど、こんどはこんないいこともある。このうちは料理店《りょうりてん》だけれども

RESTAURANT
WILDCAT
HOUSE
けっして
ごえんりょは
ありません
どなたでも
どうかお入り
ください。
RESTAURANT

ただでごちそうするんだぜ。」

「どうもそうらしい。けっしてごえんりょはありませんというのはその意味《いみ》だ。」

ふたりは戸《と》をおして、なかへはいりました。そこはすぐろうかになっていました。そのガラス戸《ど》のうらがわには、金文字《きんもじ》でこうなっていました。

「ことに《とくに》ふとったおかたやわかいおかたは、大《だい》かんげいいたします。」

ふたりは大《だい》かんげいというので、もう大《おお》よろこびです。

「きみ、ぼくらは大《だい》かんげいにあたっているのだ。」

「ぼくらは両方《りょうほう》かねてるから《ふとっているし、わかいから》。」

ずんずんろうかを進《すす》んでいきますと、こんどは水《みず》いろのペンキぬりの扉《と》がありました。

「どうもへんなうちだ。どうしてこんなにたくさん扉《と》があるのだろう。」

「これはロシア式《しき》だ。寒《さむ》いとこや山《やま》のなかはみんなこうさ。」

そしてふたりはその扉《と》をあけようとしますと、上《うえ》に黄《き》いろな字《じ》でこう書《か》いてありました。

「当軒《とうけん》は注文《ちゅうもん》の多《おお》い料理店《りょうりてん》ですからどうかそこはごしょうちください。」

「なかなかはやってるんだ。こんな山《やま》のなかで。」

「それあそうだ。見《み》たまえ、東京《とうきょう》の大《おお》きな料理屋《りょうりや》だって大通《おおどお》りにはすくないだろう。」

ふたりはいいながら、その扉《と》をあけました。するとそのうらがわに、

「注文《ちゅうもん》はずいぶん多《おお》いでしょうがどうかいちいちこらえてください。」

「これはぜんたい《いったい》どういうんだ。」ひとりの紳士《しんし》は顔《かお》をしかめました。

「うん、これはきっと注文《ちゅうもん》があまり多《おお》くてしたくがてまどるけれどもごめんくださいとこういうことだ。」

「そうだろう。はやくどこかへやのなかにはいりたいもんだな。」

「そしてテーブルにすわりたいもんだな。」

ところがどうもうるさいことは、また扉《と》が一つありました。そしてそのわきに鏡《かがみ》がかかって、その下《した》には長《なが》い柄《え》のついたブラシがおいてあったのです。

扉《と》には赤《あか》い字《じ》で、

「お客《きゃく》さまがた、ここで髪《かみ》をきちんとして、それからはきもののどろを落《お》としてください。」

と書《か》いてありました。

「これはどうももっともだ。ぼくもさっき玄関《げんかん》で、山《やま》のなかだとおもって見《み》くびったんだよ。」

「作法《さほう》のきびしいうちだ。きっとよほどえらい人《ひと》たちが、たびたびくるんだ。」

そこでふたりは、きれいに髪《かみ》をけずって《とかして》、くつのどろを落《お》としました。

そしたら、どうです。ブラシを板《いた》の上《うえ》におくやいなや、そいつがぼうっとかすんでなくなって、風《かぜ》がどうっとへやのなかにはいってきました。

ふたりはびっくりして、たがいによりそって、扉《と》をがたんとあけて、次《つぎ》のへやへはいっていきました。はやくなにかあたたかいものでも食《た》べて、元気《げんき》をつけておかないと、もうとほうもないことになってしまうと、ふたりともおもったのでした。

扉《と》のうちがわに、またへんなことが書《か》いてありました。


「鉄砲《てっぽう》とたまをここへおいてください。」

見《み》るとすぐ横《よこ》に黒《くろ》い台《だい》がありました。

「なるほど、鉄砲《てっぽう》を持《も》ってものを食《く》うという法《ほう》はない。」

「いや、よほどえらい人《ひと》がしじゅうきているんだ。」

ふたりは鉄砲《てっぽう》をはずし、帯皮《おびかわ》《ベルト》をといて、それを台《だい》の上《うえ》におきました。

また黒《くろ》い扉《と》がありました。

「どうかぼうしと外套《がいとう》とくつをおとりください。」

「どうだ、とるか。」

「しかたない、とろう。たしかによっぽどえらい人《ひと》なんだ。おくにきているのは。」

ふたりはぼうしとオーバコートをくぎにかけ、くつをぬいでぺたぺたあるいて扉《と》のなかにはいりました。

扉《と》のうらがわには、

「ネクタイピン、カフスボタン、めがね、さいふ、その他金物類《たかなものるい》、ことにとがったものは、みんなここにおいてください。」

と書《か》いてありました。扉《と》のすぐ横《よこ》には黒《くろ》ぬりのりっぱな金庫《きんこ》も、ちゃんと口《くち》をあけておいてありました。かぎまでそえてあったのです。

「ははあ、なにかの料理《りょうり》に電気《でんき》をつかうとみえるね。金気《かなけ》のものはあぶない。ことにとがったものはあぶないとこういうんだろう。」

「そうだろう。してみるとかんじょうは帰《かえ》りにここではらうのだろうか。」

「どうもそうらしい。」

「そうだ。きっと。」

ふたりはめがねをはずしたり、カフスボタンをとったり、みんな金庫《きんこ》のなかにいれて、ぱちんと錠《じょう》をかけました。

すこしいきますとまた扉《と》があって、その前《まえ》にガラスのつぼが一つありました。扉《と》にはこう書《か》いてありました。

「つぼのなかのクリームを顔《かお》や手足《てあし》にすっかりぬってください。」

みるとたしかにつぼのなかのものは牛乳《ぎゅうにゅう》のクリームでした。

「クリームをぬれというのはどういうんだ。」

「これはね、外《そと》がひじょうに寒《さむ》いだろう。へやのなかがあんまりあたたかいとひびがきれるから、その予防《よぼう》なんだ。どうもおくには、よほどえらい人《ひと》がきている。こんなとこで、あんがいぼくらは、貴族《きぞく》とちかづきになるかもしれないよ。」

ふたりはつぼのクリームを、顔《かお》にぬって手《て》にぬってそれからくつしたをぬいで足《あし》にぬりました。それでもまだのこっていましたから、それはふたりともめいめいこっそり顔《かお》へぬるふりをしながら食《た》べました。

つぼのなかの
クリームを
顔や手足に
すっかり
ぬってくだ

それから大《おお》いそぎで扉《と》をあけますと、そのうらがわには、

「クリームをよくぬりましたか、耳《みみ》にもよくぬりましたか。」

と書《か》いてあって、ちいさなクリームのつぼがここにもおいてありました。

「そうそう、ぼくは耳《みみ》にはぬらなかった。あぶなく耳《みみ》にひびをきらすところだった。ここの主人《しゅじん》はじつに用意周到《よういしゅうとう》《じゅんびがしっかりしている》だね。」

「ああ、こまかいとこまでよく気《き》がつくよ。ところでぼくははやくなにか食《た》べたいんだが、どうもこうどこまでもろうかじゃしかたないね。」

するとすぐその前《まえ》に次《つぎ》の扉《と》がありました。

「料理《りょうり》はもうすぐできます。

十五分《ふん》とお待《ま》たせはいたしません。

すぐたべられます。

はやくあなたの頭《あたま》にびんのなかの香水《こうすい》をよくふりかけてください。」

そして扉《と》の前《まえ》には金《きん》ピカの香水《こうすい》のびんがおいてありました。

ふたりはその香水《こうすい》を、頭《あたま》へぱちゃぱちゃふりかけました。

ところがその香水《こうすい》は、どうも酢《す》のようなにおいがするのでした。

「この香水《こうすい》はへんに酢《す》くさい。どうしたんだろう。」

「まちがえたんだ。下女《げじょ》がかぜでもひいてまちがえていれたんだ。」

ふたりは扉《と》をあけてなかにはいりました。

扉《と》のうらがわには、大《おお》きな字《じ》でこう書《か》いてありました。

「いろいろ注文《ちゅうもん》が多《おお》くてうるさかったでしょう。お気《き》のどくでした。

もうこれだけです。どうかからだじゅうに、つぼのなかの塩《しお》をたくさんよくもみこんでください。」

なるほどりっぱな青《あお》いせとの塩《しお》つぼはおいてありましたが、こんどというこんどはふたりともぎょっとしておたがいにクリームをたくさんぬった顔《かお》を見《み》あわせました。

「どうもおかしいぜ。」

「ぼくもおかしいとおもう。」

「たくさんの注文《ちゅうもん》というのは、むこうがこっちへ注文《ちゅうもん》してるんだよ。」

「だからさ、西洋料理店《せいようりょうりてん》というのは、ぼくの考《かんが》えるところでは、西洋料理《せいようりょうり》を、きた人《ひと》にたべさせるのではなくて、きた人《ひと》を西洋料理《せいようりょうり》にして、食《た》べてやるうちとこういうことなんだ。これは、その、つ、つ、つ、つまり、ぼ、ぼ、ぼくらが……。」

がたがたがたがた、ふるえだしてもうものがいえませんでした。

「その、ぼ、ぼくらが、……うわあ。」

がたがたがたがたふるえだして、もうものがいえませんでした。

「にげ……。」がたがたしながらひとりの紳士《しんし》はうしろの扉《と》をおそうとしましたが、どうです、扉《と》はもう一分《いちぶ》《ほんのすこしも》も動《うご》きませんでした。

おくのほうにはまだ一まい扉《と》があって、大《おお》きなかぎあなが二つつき、銀《ぎん》いろのフォークとナイフの形《かたち》が切《き》りだしてあって、

「いや、わざわざご苦労《くろう》です。

たいへんけっこうにできました。

さあさあおなかにおはいりください。」

と書《か》いてありました。おまけにかぎあなからはきょろきょろ二つの青《あお》い目玉《めだま》がこっちをのぞいています。

「うわあ。」がたがたがた。

「うわあ。」がたがたがた。

ふたりは泣《な》きだしました。

すると扉《と》のなかでは、こそこそこんなことをいっています。

「だめだよ。もう気《き》がついたよ。塩《しお》をもみこまないようだよ。」

「あたりまえさ。親分《おやぶん》の書《か》きようがまずいんだ。あすこへ、いろいろ注文《ちゅうもん》が多《おお》くてうるさかったでしょう、お気《き》のどくでしたなんて、まぬけたことを書《か》いたもんだ。」

「どっちでもいいよ。どうせぼくらには、骨《ほね》も分《わ》けてくれやしないんだ。」

「それはそうだ。けれどももしここへあいつらがはいってこなかったら、それはぼくらの責任《せきにん》だぜ。」

「よぼうか、よぼう。おい、お客《きゃく》さんがた、はやくいらっしゃい。いらっしゃい。いらっしゃい。おさらもあらってありますし、なっぱももうよく塩《しお》でもんでおきました。あとはあなたがたと、なっぱをうまくとりあわせて、まっ白《しろ》なおさらにのせるだけです。はやくいらっしゃい。」

「へい、いらっしゃい、いらっしゃい。それともサラド《サラダ》はおきらいですか。そんならこれから火《ひ》をおこしてフライにしてあげましょうか。とにかくはやくいらっしゃい。」

ふたりはあんまり心《こころ》をいためたために、顔《かお》がまるでくしゃくしゃの紙《かみ》くずのようになり、おたがいにその顔《かお》を見《み》あわせ、ぶるぶるふるえ、声《こえ》もなくなきました。

なかではふっふっとわらってまたさけんでいます。

「いらっしゃい、いらっしゃい。そんなにないてはせっかくのクリームがながれるじゃありませんか。へい、ただいま。じきもってまいります。さあ、はやくいらっしゃい。」

「はやくいらっしゃい。親方《おやかた》がもうナフキンをかけて、ナイフをもって、舌《した》なめずりして、お客《きゃく》さまがたを待《ま》っていられます。」

ふたりは泣《な》いて泣《な》いて泣《な》いて泣《な》いて泣《な》きました。

そのときうしろからいきなり、

「わん、わん、ぐゎあ。」という声《こえ》がして、あの白《しろ》くまのような犬《いぬ》が二ひき、扉《と》をつきやぶってへやのなかにとびこんできました。かぎあなの目玉《めだま》はたちまちなくなり、犬《いぬ》どもはううとうなってしばらくへやのなかをくるくるまわっていましたが、また一声《ひとこえ》、

「わん。」と高《たか》くほえて、いきなり次《つぎ》の扉《と》にとびつきました。扉《と》はがたりとひらき、犬《いぬ》どもはすいこまれるようにとんでいきました。

その扉《と》のむこうのまっくらやみのなかで、

「にゃあお、くゎあ、ごろごろ。」という声《こえ》がして、それからがさがさ鳴《な》りました。

へやはけむりのように消《き》え、ふたりは寒《さむ》さにぶるぶるふるえて、草《くさ》のなかに立《た》っていました。

みると、上着《うわぎ》やくつやさいふやネクタイピンは、あっちのえだにぶらさがったり、こっちの根《ね》もとにちらばったりしています。風《かぜ》がどうとふいてきて、草《くさ》はざわざわ、木《き》の葉《は》はかさかさ、木《き》はごとんごとんと鳴《な》りました。

犬《いぬ》がふうとうなってもどってきました。

そしてうしろからは、

「だんなあ、だんなあ。」とさけぶものがあります。

ふたりはにわかに元気《げんき》がついて、

「おおい、おおい、ここだぞ、はやくこい。」とさけびました。

みのぼうしをかぶった専門《せんもん》のりょうしが、草《くさ》をざわざわ分《わ》けてやってきました。

そこでふたりはやっと安心《あんしん》しました。

そしてりょうしのもってきただんごを食《た》べ、とちゅうで十円《えん》だけ山鳥《やまどり》をかって東京《とうきょう》に帰《かえ》りました。

しかし、さっきいっぺん紙《かみ》くずのようになったふたりの顔《かお》だけは、東京《とうきょう》に帰《かえ》っても、お湯《ゆ》にはいっても、もうもとのとおりになおりませんでした。

声《こえ》に出《だ》して読《よ》んでみよう！

「注文《ちゅうもん》の多《おお》い料理店《りょうりてん》」のベスト3《スリー》

齋藤孝先生《さいとうたかしせんせい》が「注文《ちゅうもん》の多《おお》い料理店《りょうりてん》」のなかで
好《す》きな文章《ぶんしょう》ベスト3《スリー》はこれだ!

1

料理《りょうり》はもうすぐできます。
十五分《ふん》とお待《ま》たせはいたしません。
すぐたべられます。

2

いろいろ注文《ちゅうもん》が多《おお》くてうるさかったでしょう。お気《き》のどくでした。もうこれだけです。どうかからだじゅうに、つぼのなかの塩《しお》をたくさんよくもみこんでください。

3

さっきいっぺん紙《かみ》くずのようになったふたりの顔《かお》だけは、東京《とうきょう》に帰《かえ》っても、お湯《ゆ》にはいっても、もうもとのとおりになおりませんでした。

自分《じぶん》のベスト3《スリー》を選《えら》んでみよう!
ベスト3《スリー》を考《かんが》えながら読《よ》むと、
物語《ものがたり》がしぜんと自分《じぶん》のなかに入《はい》ってくるよ。

「注文《ちゅうもん》の多《おお》い料理店《りょうりてん》」のかいせつ

これは、ほんとうによくできた名作《めいさく》だ！　西洋料理店《せいようりょうりてん》ってあるけど、じつはお店《みせ》に来《き》た人《ひと》を西洋料理《せいようりょうり》にして食《た》べちゃうところだったんだね。ふたりの男《おとこ》の人《ひと》は、いつもは猟《りょう》をして動物《どうぶつ》を殺《ころ》し、食《た》べる側《がわ》だったけど、どんなにひどいことをしてるか気《き》づいてなかった。食《た》べられる側《がわ》にまわってはじめて、自分《じぶん》も食《た》べられてしまう命《いのち》なのかもしれないという、ゾワゾワッとした気持《きも》ちを味《あじ》わうことになるんだ。賢治自身《けんじじしん》、食《た》べることでほかのものの命《いのち》をうばうことにたいして、悩《なや》みをかかえていたんだ。「なめとこ山《やま》の熊《くま》」や「よだかの星《ほし》」でも、そういった賢治《けんじ》の悩《なや》みが描《えが》かれているんだけど、このお話《はなし》は、そこをおもしろく描《えが》いているね。

お店《みせ》からの指示《しじ》がていねいに書《か》いてあって、ふたりの男《おとこ》の人《ひと》が、じょじょにおかしいって気《き》づいていくのもおもしろいね。ミステリー小説《しょうせつ》や映画《えいが》でも使《つか》われるような物語《ものがたり》の手法《しゅほう》だよね。

このお話《はなし》は、『注文《ちゅうもん》の多《おお》い料理店《りょうりてん》』という題名《だいめい》の短編集《たんぺんしゅう》のなかの一作《さく》として発表《はっぴょう》された。賢治《けんじ》はたくさんのお話《はなし》を書《か》いてるけど、生《い》きているうちに発表《はっぴょう》した数少《かずすく》ない作品《さくひん》のひとつだったんだ。本《ほん》の題名《だいめい》にもするくらいの自信作《じしんさく》だったんだね。

雪《ゆき》渡《わた》り

雪渡《ゆきわた》り　その一（小《こ》ぎつねの紺三郎《こんざぶろう》）

雪《ゆき》がすっかりこおって大理石《だいりせき》よりもかたくなり、空《そら》もつめたいなめらかな青《あお》い石《いし》の板《いた》でできているらしいのです。

「かた雪《ゆき》かんこ、しみ雪《ゆき》しんこ。」

お日様《ひさま》がまっ白《しろ》にもえてゆりのにおいをまきちらしまた雪《ゆき》をぎらぎらてらしました。

木《き》なんかみんなザラメをかけたように霜《しも》でぴかぴかしています。

「かた雪《ゆき》かんこ、しみ雪《ゆき》しんこ。」

四郎《しろう》とかん子《こ》とは小《ちい》さな雪《ゆき》ぐつをはいてキックキックキックキック、野原《のはら》にでました。

こんなおもしろい日《ひ》が、またとあるでしょうか。いつもは歩《ある》けないきびの畑《はたけ》の中《なか》でも、すすきでいっぱいだった野原《のはら》の上《うえ》でも、すきなほうへどこまででもゆけるのです。たいらなことはまるで一まいの板《いた》です。そしてそれがたくさんの小《ちい》さな小《ちい》さなかがみのようにキラキラキラキラ光《ひか》るのです。

「かた雪《ゆき》かんこ、しみ雪《ゆき》しんこ。」

ふたりは森《もり》のちかくまできました。大《おお》きなかしわの木《き》は、えだもうずまるくらいりっぱなすきとおったつらら、、、をさげて重《おも》そうにからだをまげておりました。

「かた雪《ゆき》かんこ、しみ雪《ゆき》しんこ。きつねの子《こ》ぁ、嫁《よめ》ぃほしい、ほしい。」とふたりは森《もり》へむいて高《たか》くさけびました。

しばらくしいんとしましたので、ふたりはも一度《ど》さけぼうとして息《いき》をのみこ

んだとき森《もり》の中《なか》から、

「しみ雪《ゆき》しんしん、かた雪《ゆき》かんかん。」といいながら、キシリキシリ雪《ゆき》をふんで白《しろ》いきつねの子《こ》がでてきました。

四郎《しろう》はすこしぎょっとしてかん子《こ》をうしろにかばって、しっかり足《あし》をふんばってさけびました。

「きつねこんこん白《しろ》ぎつね、お嫁《よめ》ほしけりゃ、とってやろよ。」

するときつねがまだまるで小《ちい》さいくせに銀《ぎん》の針《はり》のようなおひげをピンと一つひねっていいました。

「四郎《しろう》はしんこ、かん子《こ》はかんこ、おらはお嫁《よめ》はいらないよ。」

四郎《しろう》がわらっていいました。

「きつねこんこん、きつねの子《こ》、お嫁《よめ》がいらなきゃもちやろか。」

するときつねの子《こ》も頭《あたま》を二つ三つふっておもしろそうにいいました。

「四郎《しろう》はしんこ、かん子《こ》はかんこ、きびのだんごをおれやろか。」

かん子《こ》もあんまりおもしろいので四郎《しろう》のうしろにかくれたままそっと歌《うた》いました。

「きつねこんこんきつねの子《こ》、きつねのだんごは兎《うさ》のくそ。」

すると小《こ》ぎつね紺三郎《こんざぶろう》がわらっていいました。

「いいえ、けっしてそんなことはありません。あなたがたのようなりっぱなおかたがうさぎの茶色《ちゃいろ》のだんごなんかめしあがるもんですか。わたしらはぜんたい、いままで人《ひと》をだますなんてあんまり無実《むじつ》の罪《つみ》をきせられていたのです。」

四郎《しろう》がおどろいてたずねました。

「そいじゃきつねが人《ひと》をだますなんてうそかしら。」

紺三郎《こんざぶろう》が熱心《ねっしん》にいいました。

「うそですとも。けだし《かんがえてみると》もっともひどいうそです。だまされたという人《ひと》はたいていお酒《さけ》に酔《よ》ったり、おくびょうでくるくるしたりした人《ひと》です。おもしろいですよ。甚兵衛《じんべえ》さんがこのまえ、月夜《つきよ》の晩《ばん》わたしたちのおうちの前《まえ》にすわってひとばん浄瑠璃《じょうるり》《三味線にあわせて語る物語》をやりましたよ。わたしらはみんなで見《み》たのです。」

四郎《しろう》がさけびました。

「甚兵衛《じんべえ》さんなら浄瑠璃《じょうるり》じゃないや。きっと浪花節《なにわぶし》《三味線にあわせて語る人情物語》だぜ。」

小《こ》ぎつね紺三郎《こんざぶろう》はなるほどという顔《かお》をして、

「ええ、そうかもしれません。とにかくおだんごをおあがりなさい。わたしのさしあげるのは、ちゃんとわたしが畑《はたけ》をつくってまいて草《くさ》をとって刈《か》ってたたいて粉《こな》にしてねってむしておさとうをかけたのです。いかがですか。一《ひと》さらさしあげましょう。」

といいました。

と四郎《しろう》がわらって、

「紺三郎《こんざぶろう》さん、ぼくらはちょうどいまね、おもちをたべてきたんだからおなかがへらないんだよ。このつぎにおよばれしようか。」

小《こ》ぎつねの紺三郎《こんざぶろう》がうれしがってみじかいうでをばたばたしていいました。

「そうですか。そんならこんど幻灯会《げんとうかい》《スライド上映会》のときさしあげましょう。幻灯会《げんとうかい》にはきっといらっしゃい。このつぎの雪《ゆき》のこおった月夜《つきよ》の晩《ばん》です。八時《じ》からはじめますから、入場券《にゅうじょうけん》をあげておきましょう。何《なん》まいあげましょうか。」

「そんなら五まいおくれ。」と四郎《しろう》がいいました。

「五まいですか。あなたがた二まいにあとの三まいはどなたですか。」と紺《こん》三郎《ざぶろう》がいいました。

「兄《にい》さんたちだ。」と四郎《しろう》が答《こた》えますと、

「兄《にい》さんたちは十一歳以下《さいいか》ですか。」と紺三郎《こんざぶろう》がまたたずねました。

「いや小兄《ちいにい》さんは四年生《ねんせい》だからね、八つの四つで十二歳《さい》。」と四郎《しろう》がいいました。

するとと紺三郎《こんざぶろう》はもっともらしくまたおひげを一つひねっていいました。

「それではざんねんですが兄《にい》さんたちはおことわりです。あなたがただけいらっしゃい。特別席《とくべつせき》をとっておきますから、おもしろいんですよ。幻灯《げんとう》は第《だい》一が『お酒《さけ》をのむべからず。』これはあなたの村《むら》の太右衛門《たえもん》さんと、清作《せいさく》さんがお酒《さけ》をのんでとうとう目《め》がくらんで野原《のはら》にあるへんてこなおまんじゅうや、おそばをたべようとしたところです。わたしも写真《しゃしん》のなかにうつっています。第《だい》二が『わなに注意《ちゅうい》せよ。』これはわたしどものこん兵衛《べえ》が野原《のはら》でわなにかかっ

むかしの物語なので、いまとはかぞえかたがちがいます

たのをかいたのです。絵《え》です。写真《しゃしん》ではありません。第《だい》三が『火《ひ》を軽《けい》べつすべからず。』これはわたしどものこん助《すけ》があなたのおうちへいってしっぽを焼《や》いたけしきです。ぜひおいでください。」

ふたりはよろこんでうなずきました。

きつねはおかしそうに口《くち》をまげて、キックキックトントンキックキックトントンと足《あし》ぶみをはじめて、しっぽと頭《あたま》をふってしばらく考《かんが》えていましたがやっと思《おも》いついたらしく、両手《りょうて》をふって調子《ちょうし》をとりながら歌《うた》いはじめました。

「しみ雪《ゆき》しんこ、かた雪《ゆき》かんこ、

野原《のはら》のまんじゅうはポッポッポ。

酔《よ》ってひょろひょろ太右衛門《たえもん》が、

去年《きょねん》、三十八、たべた。

しみ雪《ゆき》しんこ、かた雪《ゆき》かんこ、
　野原《のはら》のおそばはホッホッホ。
酔《よ》ってひょろひょろ清作《せいさく》が、
　去年《きょねん》十三ばいたべた。」
四郎《しろう》もかん子《こ》もすっかりつりこまれて、もうきつねといっしょにおどってい
ます。
キック、キック、トントン。キック、キック、トントン。キック、キック、キッ
ク、キック、トントントン。
四郎《しろう》が歌《うた》いました。
「きつねこんこんきつねの子《こ》、去年《きょねん》きつねのこん兵衛《べえ》が、ひだりの足《あし》をわなに
いれ、こんこんばたばたこんこんこん。」

かん子《こ》が歌《うた》いました。

「きつねこんこんきつねの子《こ》、去年《きょねん》きつねのこん助《すけ》が、やいた魚《さかな》をとろとしておしりに火《ひ》がつききゃんきゃんきゃん。」

キック、キック、トントン。キック、キック、トントン。キック、キック、キック、キックトントントントン。

そして三人《にん》はおどりながらだんだん林《はやし》の中《なか》にはいっていきました。赤《あか》い封蠟《ふうろう》（ろうの一種）細工《ざいく》のほおの木《き》の芽《め》が、風《かぜ》にふかれてピッカリピッカリと光《ひか》り、林《はやし》の中《なか》の雪《ゆき》にはあい色《いろ》の木《き》のかげがいちめん網《あみ》になって落《お》ちて日光《にっこう》のあたるところには銀《ぎん》のゆりがさいたように見《み》えました。

すると小《こ》ぎつね紺三郎《こんざぶろう》がいいました。

「鹿《しか》の子《こ》もよびましょうか。鹿《しか》の子《こ》はそりゃ笛《ふえ》がうまいんですよ。」

四郎《しろう》とかん子《こ》とは手《て》をたたいてよろこびました。そこで三人《にん》はいっしょにさけびました。

「かた雪《ゆき》かんこ、しみ雪《ゆき》しんこ、鹿《しか》の子《こ》ぁ嫁《よめ》ぃほしい、ほしい。」

するとむこうで、

「北風《きたかぜ》ぴいぴい風三郎《かぜさぶろう》、西風《にしかぜ》どうどう又三郎《またさぶろう》。」とほそいいい声《こえ》がしました。

きつねの子《こ》の紺三郎《こんざぶろう》がいかにもばかにしたように、口《くち》をとがらしていいました。

「あれは鹿《しか》の子《こ》です。あいつはおくびょうですからとてもこっちへきそうにありません。けれどもういっぺんさけんでみましょうか。」

そこで三人《にん》はまたさけびました。

「かた雪《ゆき》かんこ、しみ雪《ゆき》しんこ、鹿《しか》の子《こ》ぁ嫁《よめ》ぃほしい、ほしい。」

するとこんどはずうっと遠《とお》くで風《かぜ》の音《おと》か笛《ふえ》の声《こえ》か、または鹿《しか》の子《こ》の歌《うた》かこんなようにきこえました。

「北風《きたかぜ》ぴいぴい、かんこかんこ
　西風《にしかぜ》どうどう、どっこどっこ。」

きつねはまた、ひげをひねっていいました。

「雪《ゆき》がやわらかになるといけませんからもうお帰《かえ》りなさい。こんど月夜《つきよ》に雪《ゆき》がこおったらきっとおいでください。さっきの幻灯《げんとう》をやりますから。」

そこで四郎《しろう》とかん子《こ》とは、

「かた雪《ゆき》かんこ、しみ雪《ゆき》しんこ。」と歌《うた》いながら銀《ぎん》の雪《ゆき》をわたっておうちへ帰《かえ》りました。

「かた雪《ゆき》かんこ、しみ雪《ゆき》しんこ。」

雪渡《ゆきわた》り　その二（きつね小学校《しょうがっこう》の幻灯会《げんとうかい》）

青白《あおじろ》い大《おお》きな十五夜《じゅうごや》のお月様《つきさま》がしずかに氷《ひ》の上山《かみやま》からのぼりました。

雪《ゆき》はチカチカ青《あお》く光《ひか》り、そしてきょうも寒水石《かんすいせき》のようにかたくこおりました。

白または青黒い石灰岩の一種

四郎《しろう》はきつねの紺三郎《こんざぶろう》とのやくそくを思《おも》いだして妹《いもうと》のかん子《こ》にそっといいました。

「今夜《こんや》きつねの幻灯会《げんとうかい》なんだね。いこうか。」

するとかん子《こ》は、

「いきましょう。いきましょう。きつねこんこんきつねの子《こ》、こんこんきつねの紺三郎《こんざぶろう》。」とはねあがって高《たか》くさけんでしまいました。

すると二番《ばん》めの兄《にい》さんの二郎《じろう》が、

「おまえたちはきつねのとこへあそびにいくのかい。ぼくもいきたいな。」といいました。

四郎《しろう》はこまってしまってかたをすくめていいました。

「大兄《おおにい》さん。だって、きつねの幻灯会《げんとうかい》は十一歳《さい》までですよ、入場券《にゅうじょうけん》に書《か》いてあるんだもの。」

二郎《じろう》がいいました。

「どれ、ちょっとお見《み》せ、ははあ、学校生徒《がっこうせいと》の父兄《ふけい》にあらずして十二歳以上《さいいじょう》の来賓《らいひん》は入場《にゅうじょう》をお断《ことわ》り申《もう》し候《そろ》。きつねなんてなかなかうまくやってるね。ぼくはいけないんだね。しかたないや。おまえたちいくんならおもちを持《も》っていっておやりよ。そら、このかがみもちがいいだろう。」

四郎《しろう》とかん子《こ》はそこで小《ちい》さな雪《ゆき》ぐつをはいておもちをかついで外《そと》にでました。

きょうだいの一郎《いちろう》二郎《じろう》三郎《さぶろう》は戸口《とぐち》にならんで立《た》って、

「いっておいで。おとなのきつねにあったらいそいで目《め》をつぶるんだよ。そら、ぼくら、はやしてやろうか。かた雪《ゆき》かんこ、しみ雪《ゆき》しんこ、きつねの子《こ》ぁ嫁《よめ》いほしいほしい。」とさけびました。

お月様《つきさま》は空《そら》に高《たか》くのぼり森《もり》は青白《あおじろ》いけむりにつつまれています。ふたりはもうその森《もり》の入《い》り口《ぐち》にきました。

すると胸《むね》にどんぐりのきしょう《バッジ》をつけた白《しろ》い小《ちい》さなきつねの子《こ》が立《た》っていていいました。

「こんばんは。おはようございます。入場券《にゅうじょうけん》はお持《も》ちですか。」

「持《も》っています。」

ふたりはそれをだしました。

「さあ、どうぞあちらへ。」きつねの子《こ》がもっともらしくからだをまげて目《め》をパチパチしながら林《はやし》のおくを手《て》でおしえました。

林《はやし》の中《なか》には月《つき》の光《ひかり》が青《あお》い棒《ぼう》を何本《なんぼん》もななめに投《な》げこんだようにさしておりました。その中《なか》のあき地《ち》にふたりはきました。

見《み》るともうきつねの学校生徒《がっこうせいと》がたくさん集《あつ》まってくりの皮《かわ》をぶっつけあったりすもうをとったり、ことにおかしいのは小《ちい》さな小《ちい》さなねずみぐらいのきつねの子《こ》が大《おお》きな子《こ》どものきつねのかたぐるまにのってお星様《ほしさま》をとろうとしているのです。

みんなの前《まえ》の木《き》のえだに白《しろ》い一まいのしきふがさがっていました。

ふいにうしろで、

「こんばんは、よくおいでてした。先日《せんじつ》はしつれいいたしました。」という声《こえ》がしますので四郎《しろう》とかん子《こ》とはびっくりしてふりむいてみると紺三郎《こんざぶろう》です。

紺三郎《こんざぶろう》なんかまるでりっぱな燕尾服《えんびふく》を着《き》てすいせんの花《はな》を胸《むね》につけてまっ白《しろ》なハンケチでしきりにそのとがったお口《くち》をふいているのです。

四郎《しろう》はちょっとおじぎをしていいました。

「このあいだはしっけい。それから、こんばんはありがとう。このおもちをみなさんであがってください。」

きつねの学校生徒《がっこうせいと》はみんなこっちを見《み》ています。

紺三郎《こんざぶろう》は胸《むね》をいっぱいにはってすましてもちを受《う》けとりました。

「これはどうもおみやげをいただいてすみません。どうかごゆるりとなすってください。もうすぐ幻灯《げんとう》もはじまります。わたしはちょっとしつれいいたします。」

紺三郎《こんざぶろう》はおもちを持《も》ってむこうへいきました。

きつねの学校生徒《がっこうせいと》は声《こえ》をそろえてさけびました。

「かた雪《ゆき》かんこ、しみ雪《ゆき》しんこ、かたいおもちはかったらこ、白《しろ》いおもちはべったらこ。」

幕《まく》の横《よこ》に、

「寄贈《きぞう》、おもちたくさん、人《ひと》の四郎氏《しろうし》、人《ひと》のかん子氏《こし》。」と大《おお》きな札《ふだ》がでました。きつねの生徒《せいと》はよろこんで手《て》をパチパチたたきました。

そのときピーと笛《ふえ》がなりました。

紺三郎《こんざぶろう》がエヘンエヘンとせきばらいをしながら幕《まく》の横《よこ》からでてきていねいにおじぎをしました。みんなはしんとなりました。

「今夜《こんや》は美《うつく》しい天気《てんき》です。お月様《つきさま》はまるでしんじゅのおさらです。お星《ほし》さまは野原《のはら》のつゆがキラキラかたまったようです。さてただいまから幻灯会《げんとうかい》をやります。みなさんはまたたきやくしゃみをしないで目《め》をまんまろに開《ひら》いて見《み》ていてください。

それから今夜《こんや》はたいせつなふたりのお客《きゃく》さまがありますから、どなたもしずかにしないといけません。けっしてそっちのほうへくりの皮《かわ》を投《な》げたりしてはなりません。開会《かいかい》の辞《じ》です。」

みんなよろこんでパチパチ手《て》をたたきました。そして四郎《しろう》がかん子《こ》にそっといいました。

「紺三郎《こんざぶろう》さんはうまいんだね。」

笛《ふえ》がピーとなりました。

『お酒《さけ》をのむべからず』大《おお》きな字《じ》が幕《まく》にうつりました。そしてそれがきえて写真《しゃしん》がうつりました。ひとりのお酒《さけ》に酔《よ》った人間《にんげん》のおじいさんがなにかおかしなまるいものをつかんでいるけしきです。

みんなは足《あし》ぶみをして歌《うた》いました。

キックキックトントンキックキックトントン

しみ雪《ゆき》しんこ、かた雪《ゆき》かんこ、

　野原《のはら》のまんじゅうはぽっぽっぽ

酔《よ》ってひょろひょろ太右衛門《たえもん》が

　去年《きょねん》、三十八たべた。

キックキックキックキックトントントン

写真《しゃしん》がきえました。四郎《しろう》はそっとかん子《こ》にいいました。

「あの歌《うた》は紺三郎《こんざぶろう》さんのだよ。」

べつに写真《しゃしん》がうつりました。ひとりのお酒《さけ》に酔《よ》った若《わか》い者《もの》がほおの木《き》の葉《は》でこしらえたおわんのようなものに顔《かお》をつっこんで、なにかたべています。紺三《こんざぶ》郎《ろう》が白《しろ》いはかまをはいてむこうで見《み》ているけしきです。
みんなは足《あし》ぶみをして歌《うた》いました。
キックキックトントン、キックキックキック、トントントン
しみ雪《ゆき》しんこ、かた雪《ゆき》かんこ、
野原《のはら》のおそばはぽっぽっぽ、
酔《よ》ってひょろひょろ清作《せいさく》が
去年《きょねん》十三ばいたべた。
キック、キック、キック、キック、トン、トン、トン。
写真《しゃしん》がきえてちょっとやすみになりました。
かわいらしいきつねの女《おんな》の子《こ》がきびだんごをのせたおさらを二つ持《も》ってきました。

四郎《しろう》はすっかりよわってしまいました。なぜってたったいま太右衛門《たえもん》と清作《せいさく》との悪《わる》いものを知《し》らないでたべたのを見《み》ているのですから。

それにきつねの学校生徒《がっこうせいと》がみんなこっちをむいて、「くうだろうか。ね。くうだろうか。」なんてひそひそ話《はな》しあっているのです。かん子《こ》ははずかしくておさらを手《て》に持《も》ったまま、まっ赤《か》になってしまいました。すると四郎《しろう》が決心《けっしん》していいました。

「ね。たべよう。おたべよ。ぼくは紺三郎《こんざぶろう》さんがぼくらをだますなんて思《おも》わないよ。」そしてふたりはきびだんごをみんなたべました。そのおいしいことはほっぺたも落《お》ちそうです。きつねの学校生徒《がっこうせいと》はもうあんまりよろこんでみんなおどりあがってしまいました。

キックキックトントン、キックキックトントン。

「ひるはカンカン日《ひ》のひかり
よるはツンツン月《つき》あかり
たとえからだを、さかれても
きつねの生徒《せいと》はうそいうな。」
キック、キックトントン、キックキックトントン。
「ひるはカンカン日《ひ》のひかり
よるはツンツン月《つき》あかり
たとえこごえてたおれても
きつねの生徒《せいと》はぬすまない。」
キックキックトントン、キックキックトントン。
「ひるはカンカン日《ひ》のひかり

よるはツンツン月《つき》あかり
たとえからだがちぎれても
きつねの生徒《せいと》はそねまない《うらまない》。」
キックキックトントン、キックキックトントン。
四郎《しろう》もかん子《こ》もあんまりうれしくてなみだがこぼれました。
笛《ふえ》がピーとなりました。
『わなを軽《けい》べつすべからず《ばかにしてはいけない》』と大《おお》きな字《じ》がうつりそれがきえて絵《え》がうつりました。きつねのこん兵衛《べえ》がわなに左足《ひだりあし》をとられたけしきです。
「きつねこんこんきつねの子《こ》、去年《きょねん》きつねのこん兵衛《べえ》が
左《ひだり》の足《あし》をわなにいれ、こんこんばたばた
こんこんこん。」

とみんなが歌《うた》いました。

四郎《しろう》がそっとかん子《こ》にいいました。

「ぼくの作《つく》った歌《うた》だねい。」

絵《え》がきえて『火《ひ》を軽《けい》べつすべからず』という字《じ》があらわれました。それもきえて絵《え》がうつりました。きつねのこん助《すけ》がやいたお魚《さかな》をとろうとして、しっぽに火《ひ》がついたところです。

きつねの生徒《せいと》がみなさけびました。

「きつねこんこんきつねの子《こ》。去年《きょねん》きつねのこん助《すけ》が
やいた魚《さかな》をとろとして、おしりに火《ひ》がつき
きゃんきゃんきゃん。」

笛《ふえ》がピーとなり幕《まく》は明《あか》るくなって紺三郎《こんざぶろう》がまたでてきていいました。

「みなさん。こんばんの幻灯《げんとう》はこれでおしまいです。今夜《こんや》みなさんはふかく心《こころ》にとめなければならないことがあります。それはきつねのこしらえたものを、かしこいすこしも酔《よ》わない人間《にんげん》のお子《こ》さんがたべてくだすったということです。そこでみなさんはこれからも、おとなになってもうそをつかず人《ひと》をそねまず、わたしどもきつねのいままでの悪《わる》い評判《ひょうばん》をすっかりなくしてしまうだろうと思《おも》います。閉会《へいかい》の辞《じ》《おしまいのあいさつ》です。」

きつねの生徒《せいと》はみんな感動《かんどう》して両手《りょうて》をあげたりワーッと立《た》ちあがりました。

そしてキラキラなみだをこぼしたのです。

紺三郎《こんざぶろう》がふたりの前《まえ》にきて、ていねいにおじぎをしていいました。

「それでは、さようなら。今夜《こんや》のご恩《おん》はけっしてわすれません。」

ふたりもおじぎをしてうちのほうへ帰《かえ》りました。きつねの生徒《せいと》たちが追《お》いか

けてきてふたりのふところやかくし《うちポケット》にどんぐりだのくりだの青《あお》びかりの石《いし》だのをいれて、

「そら、あげますよ。」「そら、とってください。」なんていって風《かぜ》のようににげ帰《かえ》っていきます。

紺三郎《こんざぶろう》はわらって見《み》ていました。

ふたりは森《もり》をでて野原《のはら》をゆきました。

その青白《あおじろ》い雪《ゆき》の野原《のはら》のまん中《なか》で三人《にん》の黒《くろ》いかげがむこうからくるのを見《み》ました。それはむかえにきた兄《にい》さんたちでした。

声《こえ》に出《だ》して読《よ》んでみよう！

「雪渡《ゆきわた》り」のベスト3《スリー》

齋藤孝先生《さいとうたかしせんせい》が「雪渡《ゆきわた》り」のなかで
好《す》きな文章《ぶんしょう》ベスト3《スリー》はこれだ!

1

キック、キック、トントン。キック、キック、トントン。キック、キック、キック、キック、トントントン。

2

しみ雪《ゆき》しんこ、かた雪《ゆき》かんこ、野原《のはら》のまんじゅうはぽっぽっぽ

3

きつねの生徒《せいと》はみんな感動《かんどう》して両手《りょうて》をあげたりワーッと立《た》ちあがりました。そしてキラキラなみだをこぼしたのです。

自分《じぶん》のベスト3《スリー》を選《えら》んでみよう!
ベスト3《スリー》を考《かんが》えながら読《よ》むと、
物語《ものがたり》がしぜんと自分《じぶん》のなかに入《はい》ってくるよ。

「雪渡《ゆきわた》り」のかいせつ

このきつねの幻灯会《げんとうかい》は、十一歳《さい》までしか入《はい》れないんだね。どうしてかな？　たぶん、大《おお》きくなった子《こ》どもは、きつねをうたがうようになるからなんだね。きつねは人《ひと》を化《ば》かすといわれているけど、四郎《しろう》とかん子《こ》は、きつねからきびだんごをもらったとき、紺三郎《こんざぶろう》さんがだますはずがないといって、おだんごを食《た》べるんだね。そうすると、きつねたちはすごくよろこんで、最後《さいご》にはおみやげをくれたりする。人間《にんげん》ときつねの友情《ゆうじょう》の物語《ものがたり》でもあるんだね。

幻灯《げんとう》はみんな知《し》ってるかな？　ガラス板《いた》に描《えが》いた絵《え》に光《ひかり》をあてて、スクリーンに絵《え》を映《うつ》しだすんだよ。この幻灯会《げんとうかい》では、酔《よ》ったおじいさんの写真《しゃしん》を見《み》ながら、みんなで「キックキックトントン」って足《あし》ぶみして歌《うた》うんだけど、これは、凍《こお》った雪《ゆき》を踏《ふ》む音《おと》なんだよ。固《かた》い雪《ゆき》を踏《ふ》むとキュッキュッと音《おと》がするんだけど、賢治《けんじ》が書《か》くと、キックキックになるんだね。

子《こ》どもたちもきつねも、あいさつや言葉《ことば》づかいがていねいだし、手《て》みやげを持《も》っていったり、礼儀正《れいぎただ》しいのもすがすがしい感《かん》じがするね。

月夜《つきよ》のでんしんばしら

ある晩《ばん》、恭一《きょういち》はぞうりをはいて、すたすた鉄道線路《てつどうせんろ》の横《よこ》の平《たい》らなところをあるいておりました。

たしかにこれは罰金《ばっきん》です。おまけにもし汽車《きしゃ》がきて、窓《まど》から長《なが》い棒《ぼう》などがでていたら、いっぺんになぐり殺《ころ》されてしまったでしょう。

ところがその晩《ばん》は、線路見《せんろみ》まわりの工夫《こうふ》もこず、窓《まど》から棒《ぼう》のでた汽車《きしゃ》にもあいませんでした。そのかわり、どうもじつに変《へん》てこなものを見《み》たのです。

九日《ここのか》の月《つき》がそらにかかっていました。そしてうろこ雲《ぐも》が空《そら》いっぱいでした。うろこぐもはみんな、もう月《つき》のひかりがはらわたの底《そこ》までもしみとおってよろよろするというふうでした。その雲《くも》のすきまからときどき冷《つめ》たい星《ほし》がぴっかりぴっかり顔《かお》をだしました。

恭一《きょういち》はすたすたあるいて、もう向《む》こうに停車場《ていしゃば》のあかりがきれいに見《み》えるとこまできました。ぽつんとしたまっ赤《か》なあかりや、硫黄《いおう》のほのおのようにぼうとした紫《むらさき》いろのあかりやらで、眼《め》をほそくしてみると、まるで大《おお》きなお城《しろ》があるようにおもわれるのでした。

とつぜん、右手《みぎて》のシグナルばしらが、がたんとからだをゆすぶって、上《うえ》の白《しろ》い横木《よこぎ》を斜《なな》めに下《した》のほうへぶらさげました。これはべつだん不思議《ふしぎ》でもなんでもありません。

つまりシグナルがさがったというだけのことです。一晩《ひとばん》に十四回《じゅうしかい》もあることなのです。

ところがそのつぎがたいへんです。

さっきから線路《せんろ》の左《ひだり》がわで、ぐゎあん、ぐゎあんとうなっていたでんしんばしらの列《れつ》がおおいばりでいっぺんに北《きた》のほうへ歩《ある》きだしました。みんな六《む》つの瀬戸《せと》もののエボレット《でんしんばしらについている白い玉》を飾《かざ》り、てっぺんにはりがねの槍《やり》をつけた亜鉛《とたん》のしゃっぽをかぶって、片脚《かたあし》でひょいひょいやっていくのです。そしていかにも恭一《きょういち》をばかにしたように、じろじろ横《よこ》めでみて通《とお》りすぎます。

うなりもだんだん高《たか》くなって、いまはいかにも昔《むかし》ふうの立派《りっぱ》な軍歌《ぐんか》に変《か》わってしまいました。

「ドッテテドッテテ、ドッテテド、
でんしんばしらのぐんたいは
はやさせかいにたぐいなし《せかいでもほかにはない》
ドッテテドッテテ、ドッテテド

でんしんばしらのぐんたいは
きりつせかいにならびなし。」
一本《ぽん》のでんしんばしらが、ことに肩《かた》をそびやかして、まるでうで木《ぎ》もがりがり鳴《な》るくらいにして通《とお》りました。

でんしんばしらの横にでている木

みると向《む》こうの方《ほう》を、六本《ぽん》うで木《ぎ》の二十二の瀬戸《せと》もののエボレットをつけたでんしんばしらの列《れつ》が、やはりいっしょに軍歌《ぐんか》をうたって進《すす》んでいきます。

「ドッテテドッテテ、ドッテテド
二本《ほん》うで木《ぎ》の工兵隊《こうへいたい》
六本《ぽん》うで木《ぎ》の竜騎兵《りゅうきへい》
ドッテテドッテテ、ドッテテド
いちれつ一万《まん》五千人《にん》

はりがねかたくむすびたり。」

どういうわけか、二本《ほん》のはしらがうで木《ぎ》を組《く》んで、びっこを引《ひ》いていっしょにやってきました。そしていかにもつかれたようにふらふら頭《あたま》をふって、それから口《くち》をまげてふうと息《いき》を吐《つ》き、よろよろ倒《たお》れそうになりました。

するとすぐうしろから来《き》た元気《げんき》のいいはしらがどなりました。

「おい、はやくあるけ。はりがねがたるむじゃないか。」

ふたりはいかにもつらそうに、いっしょにこたえました。

「もうつかれてあるけない。あしさきが腐《くさ》りだしたんだ。長靴《ながぐつ》のタール《黒い防腐塗料》もなにもかもうめちゃくちゃになってるんだ。」

うしろのはしらはもどかしそうに叫《さけ》びました。

「はやくあるけ、あるけ。きさまらのうち、どっちかが参《まい》っても一万《まん》五千人《にん》みんな責任《せきにん》があるんだぞ。あるけったら。」
二人《ふたり》はしかたなくよろよろあるきだし、つぎからつぎとはしらがどんどんやってきます。

「ドッテテドッテテ、ドッテテド
やりをかざれるとたん帽《ぼう》
すねははしらのごとくなり。
ドッテテドッテテ、ドッテテド
肩《かた》にかけたるエボレット
重《おも》きつとめ《重大なしごと》をしめすなり。」

二人《ふたり》の影《かげ》もうずうっと遠《とお》くの緑青《ろくしょう》いろの林《はやし》のほうへ行《い》ってしまい、月《つき》がうろこ雲《ぐも》からぱっとでて、あたりはにわかに明《あか》るくなりました。

でんしんばしらはもうみんな、非常《ひじょう》なごきげんです。恭一《きょういち》の前《まえ》に来《く》ると、わざと肩《かた》をそびやかしたり、横《よこ》めでわらったりして過《す》ぎるのでした。

ところがおどろいたことは、六本《ぽん》うで木《ぎ》のまた向《む》こうに、三本《ぼん》うで木《ぎ》のまっ赤《か》なエボレットをつけた兵隊《へいたい》があるいていることです。その軍歌《ぐんか》はどうも、ふしも歌《うた》もこっちのほうとちがうようでしたが、こっちの声《こえ》があまり高《たか》いために、何《なに》をうたっているのか聞《き》きとることができませんでした。こっちはあいかわらずずどんどんやっていきます。

「ドッテテドッテテ、ドッテテド、
寒《さむ》さはだえをつんざくも
寒さではだがいたくても
などて腕木《うでぎ》をおろすべき
どうしてうで木をおろすものか
ドッテテドッテテ、ドッテテド

暑《あつ》さ硫黄《いおう》をとかすとも《暑さで硫黄がとけようとも》
いかでおとさんエボレット。《どうしてエボレットをおとすものか》」

どんどんどんどんやっていき、恭一《きょういち》は見《み》ているのさえ少《すこ》しつかれてぼんやりなりました。

でんしんばしらは、まるで川《かわ》の水《みず》のように、次《つぎ》から次《つぎ》とやってきます。みんな恭一《きょういち》のことを見《み》ていくのですけれども、恭一《きょういち》はもう頭《あたま》が痛《いた》くなってだまって下《した》を見《み》ていました。

にわかに遠《とお》くから軍歌《ぐんか》の声《こえ》にまじって、

「お一、二、お一、二、」というしわがれた声《こえ》がきこえてきました。恭一《きょういち》はびっくりしてまた顔《かお》をあげてみますと、列《れつ》のよこをせいの低《ひく》い顔《かお》の黄《き》いろなじいさんがまるでぼろぼろの鼠《ねずみ》いろの外套《がいとう》を着《き》て、でんしんばしらの列《れつ》を見《み》まわしな

がら、

「お一、二、お一、二、」と号令《ごうれい》をかけてやってくるのでした。

じいさんに見《み》られた柱《はしら》は、まるで木《き》のように堅《かた》くなって、足《あし》をしゃちほこばらせて《きんちょうして、気をつけをして》、わきめもふらず進《すす》んで行《い》き、その変《へん》なじいさんは、もう恭一《きょういち》のすぐ前《まえ》までやってきました。そしてよこめでしばらく恭一《きょういち》を見《み》てから、でんしんばしらの方《ほう》へ向《む》いて、

「なみ足《あし》い。おいっ。」と号令《ごうれい》をかけました。

そこででんしんばしらは少《すこ》し歩調《ほちょう》をくずして、やっぱり軍歌《ぐんか》を歌《うた》っていきました。

「ドッテテドッテテ、ドッテテド、

右《みぎ》とひだりのサアベル《軍刀》は

たぐいもあらぬ細身《ほそみ》なり《ほかにないようなほそいものだ》。」

じいさんは恭一《きょういち》の前《まえ》にとまって、からだをすこしかがめました。

「今晩《こんばん》は、おまえはさっきから行軍《こうぐん》を見《み》ていたのかい。」

「ええ、見《み》てました。」

「そうか、じゃしかたない。ともだちになろう、さあ、握手《あくしゅ》しよう。」

じいさんはぼろぼろの外套《がいとう》のそでをはらって、大《おお》きな黄《き》いろな手《て》をだしました。恭一《きょういち》もしかたなく手《て》をだしました。じいさんが「やっ、」といってその手《て》をつかみました。

するとじいさんの眼《め》だまから、虎《とら》のように青《あお》い火花《ひばな》がぱちぱちっとでたとおもうと、恭一《きょういち》はからだがびりりっとしてあぶなくうしろへ倒《たお》れそうになりました。

「ははあ、だいぶひびいたね、これでごく弱《よわ》いほうだよ。わしとも少《すこ》し強《つよ》く握《あく》手《しゅ》すればまあ黒《くろ》焦《こ》げだね。」

兵《へい》隊《たい》はやはりずんずん歩《ある》いていきます。

「ドッテテドッテテ、ドッテテド、

タールを塗《ぬ》れるなが靴《ぐつ》の

歩《ほ》はばは三百六十尺《しゃく》。」

恭《きょう》一《いち》はすっかりこわくなって、歯《は》ががちがち鳴《な》りました。じいさんはしばらく月《つき》や雲《くも》のぐあいをながめていましたが、あまり恭《きょう》一《いち》が青《あお》くなってがたがたふるえているのを見《み》て、気《き》の毒《どく》になったらしく、少《すこ》ししずかにこういいました。

「おれは電《でん》気《き》総《そう》長《ちょう》だよ。」

恭《きょう》一《いち》も少《すこ》し安《あん》心《しん》して、

「電気総長《でんきそうちょう》というのは、やはり電気《でんき》の一種《いっしゅ》ですか。」とききました。するとじいさんはまたむっとしてしまいました。

「わからん子供《こども》だな。ただの電気《でんき》ではないさ。つまり、電気《でんき》のすべての長《ちょう》、長《ちょう》というのはかしらとよむ。とりもなおさず電気《でんき》の大将《たいしょう》ということだ。」

「大将《たいしょう》ならずいぶんおもしろいでしょう。」恭一《きょういち》がぼんやりたずねますと、じいさんは顔《かお》をまるでめちゃくちゃにしてよろこびました。

「はっはっは、おもしろいさ。それ、その工兵《こうへい》も、その竜騎兵《りゅうきへい》も、向《む》こうのてき弾兵《だんぺい》も、みんなおれの兵隊《へいたい》だからな。」

じいさんはぷっとすまして、片《かた》っ方《ぽう》の頰《ほお》をふくらせてそらを仰《あお》ぎました。それからちょうど前《まえ》を通《とお》っていく一本《ぽん》のでんしんばしらに、

「こらこら、なぜわき見《み》をするか。」とどなりました。するとそのはしらはま

るで飛《と》びあがるぐらいびっくりして、足《あし》がぐにゃんとまがりあわててまっすぐを向《む》いてあるいていきました。次《つぎ》から次《つぎ》とどしどしはしらはやってきます。

「有名《ゆうめい》なはなしをおまえは知《し》ってるだろう。そら、むすこが、エングランド、ロンドンにいて、おやじがスコットランド、カルクシャイヤにいた。むすこがおやじに電報《でんぽう》をかけた、おれはちゃんと手帳《てちょう》へ書《か》いておいたがね、」

じいさんは手帳《てちょう》をだして、それから大《おお》きなめがねをだしてもっともらしく掛《か》けてから、またいいました。

「おまえは英語《えいご》はわかるかい、ね、センド《おくれ》、マイブーツ《わたしのくつ》、インスタンテウリイ《すぐに》すぐ長靴《ながぐつ》送《おく》れとこうだろう、するとカルクシャイヤのおやじめ、あわてくさっておれのでんしんのはりがねに長靴《ながぐつ》をぶらさげたよ。はっはっは、いや迷惑《めいわく》したよ。それから英国《えいこく》ばかりじゃない、十二月《がつ》ころ兵営《へいえい》へ行《い》ってみると、おい、あかりを消《け》してこいと上等兵殿《じょうとうへいどの》にいわれて新兵《しんぺい》が電燈《でんとう》をふっふっと吹《ふ》いて消《け》そうとしているのが毎年《まいとし》五人《にん》や六人《にん》はある。おれの兵隊《へいたい》にはそんなものは一人《ひとり》もないからな。おまえの町《まち》だってそうだ、はじめて電燈《でんとう》がついたころはみんながよく、電気会社《でんきがいしゃ》では月《つき》に百石《こく》《一万八千リットル》ぐらい油《あぶら》をつかうだろうかなんていったもんだ。はっはっは、どうだ、もっともそれはおれのように勢力不滅《せいりょくふめつ》の法則《ほうそく》や熱力学第《ねつりきがくだい》二則《そく》《エネルギーの量はかわらないという法則や熱はかならずあついところからつめたいところにうつっていくという法則》がわかるとあんまりおかしくもないがね、どうだ、ぼくの軍隊《ぐんたい》は規律《きりつ》《ルール》がいいだろう。軍歌《ぐんか》にもちゃんとそういってあるんだ。」

でんしんばしらは、みんなまっすぐを向《む》いて、すまし込《こ》んで通《とお》り過《す》ぎながらひときわ声《こえ》をはりあげて、

「ドッテテドッテテ、ドッテテド

でんしんばしらのぐんたいの

その名《な》せかいにとどろけり。」

と叫《さけ》びました。

そのとき、線路《せんろ》の遠《とお》くに、小《ちい》さな赤《あか》い二つの火《ひ》が見《み》えました。するとじいさんはまるであわててしまいました。

「あ、いかん、汽車《きしゃ》がきた。誰《たれ》かに見《み》つかったらたいへんだ。もう進軍《しんぐん》をやめなくちゃいかん。」

じいさんは片手《かたて》を高《たか》くあげて、でんしんばしらの列《れつ》のほうを向《む》いて叫《さけ》びました。

「全軍《ぜんぐん》、かたまれい、おいっ。」

でんしんばしらはみんな、ぴったりとまって、すっかりふだんのとおりになりました。軍歌《ぐんか》はただのぐゎあんぐゎあんといううなりに変《か》わってしまいました。

汽車《きしゃ》がごうとやってきました。汽缶車《きかんしゃ》の石炭《せきたん》はまっ赤《か》に燃《も》えて、そのまえで火夫《かふ》は足《あし》をふんばって、まっ黒《くろ》に立《た》っていました。

ところが客車《きゃくしゃ》の窓《まど》がみんなまっくらでした。するとじいさんがいきなり、

「おや、電燈《でんとう》が消《き》えてるな。こいつはしまった。けしからん。」といいながらまるで兎《うさぎ》のようにせなかをまんまるにして走《はし》っている列車《れっしゃ》の下《した》へもぐり込《こ》みました。

「あぶない。」と恭一《きょういち》がとめようとしたとき、客車《きゃくしゃ》の窓《まど》がぱっと明《あか》るくなって、一人《ひとり》の小《ちい》さな子《こ》が手《て》をあげて、

「あかるくなった、わあい。」と叫《さけ》んで行《い》きました。

でんしんばしらはしずかにうなり、シグナルはがたりとあがって、月《つき》はまた

うろこ雲《ぐも》のなかにはいりました。
そして汽車《きしゃ》は、もう停車場《ていしゃば》へ着《つ》いたようでした。

声《こえ》に出《だ》して読《よ》んでみよう！

「月夜《つきよ》のでんしんばしら」のベスト3《スリー》

齋藤孝先生《さいとうたかしせんせい》が「月夜《つきよ》のでんしんばしら」のなかで
好《す》きな文章《ぶんしょう》ベスト3《スリー》はこれだ!

1

「ドッテテドッテテ、ドッテテド、
でんしんばしらのぐんたいは
はやさせかいにたぐいなし。」

2

「ははあ、だいぶひびいたね、これでごく弱《よわ》いほうだよ。
わしとも少《すこ》し強《つよ》く握手《あくしゅ》すればまあ黒焦《くろこ》げだね。」

3

「ただの電気《でんき》ではないさ。つまり、電気《でんき》のすべての長《ちょう》、
長《ちょう》というのはかしらとよむ。とりもなおさず電気《でんき》の大《たい》
将《しょう》ということだ。」

自分《じぶん》のベスト3《スリー》を選《えら》んでみよう!

ベスト3《スリー》を考《かんが》えながら読《よ》むと、
物語《ものがたり》がしぜんと自分《じぶん》のなかに入《はい》ってくるよ。

「月夜《つきよ》のでんしんばしら」のかいせつ

子《こ》どもの頃《ころ》は、でんしんばしらと仲《なか》がよかった気《き》がするなあ。でんしんばしらから、でんしんばしらへ、友《とも》だちとじゃんけんしながら荷物《にもつ》持ちをしたりしてね。横《よこ》にはりだしてるところが、腕《うで》がはえてるように見《み》えるでしょう。それが動《うご》きだしたら、どうなるのかなあ？　と想像《そうぞう》したのが、この物語《ものがたり》なんだ。

電気総長《でんきそうちょう》っていう、電気《でんき》の神《かみ》さまみたいなおじいさんがでてきて、それが夜《よる》の電車《でんしゃ》があまり来《こ》ない時間《じかん》に、でんしんばしらに命令《めいれい》して、行進《こうしん》させてるんだけど、このおじいさんも、握手《あくしゅ》したら、ビビビッとしびれたりして、おもしろいね。軍歌《ぐんか》を歌《うた》ってるのもたのしそうだね。歌《うた》は意味《いみ》はわかりにくいかもしれないけど、でんしんばしらがならんで歩《ある》いてるところを想像《そうぞう》しながら「ドッテテドッテテ」と声《こえ》に出《だ》して読《よ》んでみよう。

いまは、電気製品《でんきせいひん》はたくさんあるけど、エジソンが電球《でんきゅう》を発明《はつめい》するまでは、明《あ》かりもろうそくだったりして、電気《でんき》はめずらしくて、ふしぎなものだったんだ。これは、そういう時代《じだい》のお話《はなし》なんだね。

祭《まつり》の晩《ばん》

山《やま》の神《かみ》の秋《あき》の祭《まつ》りの晩《ばん》でした。

亮二《りょうじ》はあたらしい水色《みずいろ》のしごき《おび》をしめて、それに十五銭《せん》もらって、お旅屋《たびや》にでかけました。「空気獣《くうきじゅう》」という見世物《みせもの》が大繁盛《だいはんじょう》でした。

それは、髪《かみ》を長《なが》くして、だぶだぶのずぼんをはいたあばたな男《おとこ》が、小屋《こや》の幕《まく》の前《まえ》に立《た》って、「さあ、みんな、はいれはいれ。」とおおいばりでどなっているのでした。亮二《りょうじ》が思《おも》わず看板《かんばん》の近《ちか》くまでいきましたら、いきなりその男《おとこ》が、

「おい、あんこ《そこのこども》、早《はや》ぐ入《はい》れ。銭《ぜに》は戻《もど》りで《見た後で》いいから。」と亮二《りょうじ》に叫《さけ》びました。亮《りょう》二《じ》は思《おも》わず、つっと木戸口《きどぐち》《入り口》をはいってしまいました。すると小屋《こや》の中《なか》には、高《たか》木《ぎ》の甲助《こうすけ》だの、だいぶ知《し》っている人《ひと》たちが、みんなおかしいようなまじめなような顔《かお》をして、まん中《なか》の台《だい》の上《うえ》を見《み》ているのでした。台《だい》の上《うえ》に空気獣《くうきじゅう》がねばりついていたのです。それは大《おお》きな平《ひら》べったいふらふらした白《しろ》いもので、どこが

頭《あたま》だか口《くち》だかわからず、口上《こうじょう》言《い》い《せつめいする人》がこっち側《がわ》から棒《ぼう》でつっつくと、そこは引《ひ》っこんで向《む》こうがふくれ、向《む》こうをつつくとこっちがふくれ、まん中《なか》をつくとまわりがいったい《まわりぜんたいが》ふくれました。

亮二《りょうじ》はみっともないので、いそいで外《そと》へでようとしましたら、土間《どま》の窪《くぼ》みに下駄《げた》がはいってあぶなくたおれそうになり、となりの頑丈《がんじょう》そうな大《おお》きな男《おとこ》にひどくぶっつかりました。びっくりして見上《みあ》げましたら、それは古《ふる》い白縞《しろじま》のひとえに、へんな蓑《みの》（わらなどでつくった雨具）のようなものを着《き》た、顔《かお》の骨《ほね》ばって赤《あか》い男《おとこ》で、向《む》こうもおどろいたように亮二《りょうじ》を見《み》おろしていました。その眼《め》はまんまるですすけたような（すすでよごれたような）黄金《きん》いろでした。亮二《りょうじ》が不思議《ふしぎ》がってしげしげ見《み》ていましたら、にわかにその男《おとこ》が、眼《め》をぱちぱちっとして、それからいそいで向《む》うを向《む》こいて木戸口《きどぐち》のほうにでました。亮二《りょうじ》もついていきました。その男《おとこ》は木戸口《きどぐち》で、かたくにぎっていた大《おお》きな右手《みぎて》をひらいて、十銭《せん》の銀貨《ぎんか》をだしました。亮二《りょうじ》もおなじような銀貨《ぎんか》を木戸番《きどばん》（入り口でお金をうけとる人）にわたして外《そと》へでましたら、いとこの達二《たつじ》に会《あ》いました。その男《おとこ》の広《ひろ》い肩《かた》はみんなの中《なか》に見《み》えなくなってしまいました。

達二《たつじ》はその見世物《みせもの》の看板《かんばん》を指《ゆび》さしながら、声《こえ》をひそめていいました。

「おまえはこの見世物《みせもの》にはいったのかい。こいつはね、空気獣《くうきじゅう》だなんていってるが、じつはね、牛《うし》の胃袋《いぶくろ》に空気《くうき》をつめたものだそうだよ。こんなものにはいるなんて、おまえはばかだな。」

亮二《りょうじ》がぼんやりそのおかしな形《かたち》の空気獣《くうきじゅう》の看板《かんばん》を見《み》ているうちに、達二《たつじ》がまたいいました。

「おいらは、まだおみこしさんを拝《おが》んでいないんだ。あしたまた会《あ》うぜ。」そして片脚《かたあし》で、ぴょんぴょん跳《は》ねて、人《ひと》ごみの中《なか》にはいってしまいました。

亮二《りょうじ》もいそいでそこをはなれました。その辺《へん》いっぱいにならんだ屋台《やたい》の青《あお》いりんごやぶどうが、アセチレンのあかり《アセチレンガスで光るランプ》できらきら光《ひか》っていました。

亮二《りょうじ》は、アセチレンの火《ひ》は青《あお》くてきれいだけれどもどうも大蛇《だいじゃ》のような悪《わる》い臭《にお》いがある、などと思《おも》いながら、そこを通《とお》り抜《ぬ》けました。

向《む》こうの神楽殿《かぐらでん》《神さまのためにおどりをおどる舞台》には、ぼんやり五つばかりの提灯《ちょうちん》がついて、これからおかぐら《神さまに見せるおどり》がはじまるところらしく、てびらがねだけしずかに鳴《な》っておりました。（昌《しょう》一《いち》もあのかぐらにでる。）と亮二《りょうじ》は思《おも》いながら、しばらくぼんやりそこに立《た》っていました。

そしたら向《む》こうのひのきの陰《かげ》の暗《くら》い掛《か》け茶屋《ぢゃや》《かんたんな作りの茶屋》の方《ほう》で、なにか大《おお》きな声《こえ》がして、みんながそっちへ走《はし》っていきました。亮二《りょうじ》もいそいでかけていって、みんなの横《よこ》からのぞきこみました。するとさっきの大《おお》きな男《おとこ》が、髪《かみ》をもじゃもじゃして、しきりに村《むら》の若《わか》い者《もの》にいじめられているのでした。額《ひたい》から汗《あせ》を流《なが》してなんべんも頭《あたま》を下《さ》げていました。

なにかいおうとするのでしたが、どうもひどくどもってしまってことばがでないようすでした。

てかてか髪《かみ》をわけた村《むら》の若者《わかもの》が、みんなが見《み》ているので、いよいよ勢《いきお》いよくどなっていました。

「貴様《きさま》みたいな、よそから来《き》たものに馬鹿《ばか》にされてたまっか。はやく銭《ぜに》を払《はら》え、銭《ぜに》を。ないのか、この野郎《やろう》。ないならなして《どうして》物食《ものく》った。こら。」

男《おとこ》はひどくあわてて、どもりながらやっといいました。

「た、た、た、薪《たきぎ》百把《ぱ》《百たば》持《も》ってきてやるがら。」

掛《か》け茶屋《ちゃや》の主人《しゅじん》は、耳《みみ》がすこし悪《わる》いとみえて、それをよく聞《き》きとりかねて、かえって大声《おおごえ》でいいました。

「なんだと。たった二串《ふたくし》だと。あたりまえさ。団子《だんご》の二串《ふたくし》やそこら、くれてやってもいいのだが、おれはどうもきさまの物言《ものい》い《言いかた》が気《き》に食《く》わないのでな。やい。なんつうつら《なんていう顔》だ。こら、貴《き》さん《きさま（おまえ）》。」

男《おとこ》は汗《あせ》をふきながら、やっとまたいいました。

「薪《たきぎ》をあとで百把《ぱ》持《も》ってきてやっから、ゆるしてくれろ。」

するといと若者《わかもの》が怒《おこ》ってしまいました。

「うそをつけ、この野郎《やろう》。どこの国《くに》に、団子《だんご》二串《ふたくし》に薪《たきぎ》百把《ぱ》払《はら》うやづがあっか。全体《ぜんたい》きさんどこのやつだ。」

「そ、そ、そ、そいつはとてもいわれない。ゆるしてくれろ。」男《おとこ》は黄金《きん》色《いろ》の眼《め》をぱちぱちさせて、汗《あせ》をふきふきいいました。一緒《いっしょ》に涙《なみだ》もふいたようでした。

「ぶんなぐれ、ぶんなぐれ。」誰《たれ》かが叫《さけ》びました。

亮二《りょうじ》はすっかりわかりました。

（ははあ、あんまり腹《はら》がすいて、それにさっき空気獣《くうきじゅう》で十銭《せん》払《はら》ったので、あともう銭《ぜに》のないのも忘《わす》れて、団子《だんご》を食《く》ってしまったのだな。泣《な》いている。悪《わる》い人《ひと》でない。かえって正直《しょうじき》な人《ひと》なんだ。よし、ぼくが助《たす》けてやろう。）

亮二《りょうじ》はこっそりがま口《ぐち》から、ただ一枚《まい》のこった白銅《はくどう》をだして、それをかたくにぎって、知《し》らないふりをしてみんなを押《お》しわけて、その男《おとこ》のそばまでいきました。男《おとこ》は首《くび》をたれ、手《て》をきちんとひざまで下《さ》げて、一生《いっしょう》けん命口《めいくち》の中《なか》でなにかもにゃもにゃいっていました。

亮二《りょうじ》はしゃがんで、その男《おとこ》の草履《ぞうり》をはいた大《おお》きな足《あし》の上《うえ》に、だまって白銅《はくどう》を置《お》きました。すると男《おとこ》はびっくりしたようすで、じっと亮二《りょうじ》の顔《かお》を見下《みお》ろしていましたが、やがていきなりかがんでそれをとるやいなや、主人《しゅじん》の前《まえ》の台《だい》にぱちっと置《お》いて、大《おお》きな声《こえ》で叫《さけ》びました。

「そら、銭《ぜに》をだすぞ。これでゆるしてくれろ。薪《たきぎ》を百把《ぱ》あとで返《かえ》すぞ。栗《くり》を八斗《と》あとで返《かえ》すぞ。」いうが早《はや》いか、いきなり若者《わかもの》やみんなをつきのけて、風《かぜ》の

ように外《そと》へにげだしてしまいました。

「山男《やまおとこ》だ、山男《やまおとこ》だ。」みんなは叫《さけ》んで、がやがやあとを追《お》おうとしましたが、もうどこへ行《い》ったか、影《かげ》もかたちも見《み》えませんでした。

風《かぜ》がごうごうっと吹《ふ》きだし、まっくろなひのきがゆれ、掛《か》け茶屋《ぢゃや》のすだれは飛《と》び、あちこちのあかりは消《き》えました。

かぐらの笛《ふえ》がそのときはじまりました。けれども亮二《りょうじ》はもうそっちへは行《い》かないで、ひとりたんぼの中《なか》のほの白《じろ》い路《みち》を、急《いそ》いで家《いえ》のほうへ帰《かえ》りました。早《はや》くおじいさんに山男《やまおとこ》の話《はなし》を聞《き》かせたかったのです。ぼんやりしたすばるの星《ほし》がもうよほど高《たか》くのぼっていました。

家《いえ》に帰《かえ》って、厩《うまや》《馬小屋》の前《まえ》から入《はい》っていきますと、おじいさんはたった一人《ひとり》、いろりに火《ひ》を焚《た》いて《おこして》枝豆《えだまめ》をゆでていましたので、亮二《りょうじ》はいそいでその向《む》こう側《がわ》にすわって、さっきのことをみんな話《はな》しました。おじいさんははじめはだまって亮《りょう》二《じ》の顔《かお》を見《み》ながら聞《き》いていましたが、おしまいとうとう笑《わら》いだしてしまいました。

「ははあ、そいつは山男《やまおとこ》だ。山男《やまおとこ》というものは、ごく正直《しょうじき》なもんだ。おれも霧《きり》のふかいとき、度々山《たびたびやま》であったことがある。しかし山男《やまおとこ》が祭《まつ》りを見《み》にきたことは今度《こんど》はじめてだろう。はっはっは。いや、いままでも来《き》ていても見《み》つからなかったのかな。」

「おじいさん、山男《やまおとこ》は山《やま》でなにをしているのだろう。」

「そうさ、木《き》の枝《えだ》で狐《きつね》わなをこさえたりしてるそうだ。こういう太《ふと》い木《き》を一本《ぽん》、ずうっと曲《ま》げて、それをもう一本《ぽん》の枝《えだ》でやっと押《お》さえておいて、その先《さき》へ魚《さかな》などぶら下《さ》げて、狐《きつね》だの熊《くま》だの取《と》りにくると、枝《えだ》にあたってばちんとはねかえって殺《ころ》すようにしかけたりしているそうだ。」

そのとき、表《おもて》のほうで、どしんがらがらがらっという大《おお》きな音《おと》がして、家《いえ》は地震《じしん》のときのようにゆれました。亮二《りょうじ》は思《おも》わずおじいさんにすがりつきました。おじいさんもすこし顔色《かおいろ》を変《か》えて、いそいでランプを持《も》って外《そと》にでました。亮二《りょうじ》もついていきました。ランプは風《かぜ》のためにすぐに消《き》えてしまいました。

そのかわり、東《ひがし》の黒《くろ》い山《やま》から大《おお》きな十八日《にち》の月《つき》が静《しず》かにのぼってきたのです。見《み》ると家《いえ》の前《まえ》の広場《ひろば》には、太《ふと》い薪《たきぎ》が山《やま》のように投《な》げだされてありました。太《ふと》い根《ね》や枝《えだ》までついた、ぼりぼりに折《お》られた太《ふと》い薪《たきぎ》でした。おじいさんはしばらくあきれたように、それをながめていましたが、にわかに手《て》をたたいて笑《わら》いました。

「はっはっは、山男《やまおとこ》が薪《たきぎ》をおまえに持《も》ってきてくれたのだ。俺《おれ》はまたさっきの団子屋《だんごや》にやるということだろうと思《おも》っていた。山男《やまおとこ》もずいぶん賢《かしこ》いもんだな。」

亮二《りょうじ》は薪《たきぎ》をよく見《み》ようとして、一足《ひとあし》そっちへ進《すす》みましたが、たちまちなにかに滑《すべ》ってころびました。見《み》るとそこらいちめん、きらきらきらきらする栗《くり》の実《み》でした。亮二《りょうじ》は起《お》きあがって叫《さけ》びました。

「おじいさん、山男《やまおとこ》は栗《くり》も持《も》ってきたよ。」

おじいさんもびっくりしていいました。

「栗《くり》まで持《も》ってきたのか。こんなにもらうわけにはいかない。今度《こんど》なんか山《やま》へ持《も》っていって置《お》いてこよう。一番《いちばん》着物《きもの》がよかろうな。」

亮二《りょうじ》はなんだか、山男《やまおとこ》がかあいそうで泣《な》きたいようなへんな気《き》もちになりました。

「おじいさん、山男《やまおとこ》はあんまり正直《しょうじき》でかあいそうだ。僕《ぼく》なにかいいものをやりたいな。」

「うん、今度《こんど》夜具《やぐ》《ふとん》を一枚《まい》持《も》っていってやろう。山男《やまおとこ》は夜具《やぐ》を綿入《わたい》れ《布に綿を入れた冬用の服》の代《か》わりに着《き》るかもしれない。それから団子《だんご》も持《も》っていこう。」

亮二《りょうじ》は叫《さけ》びました。

「着物《きもの》と団子《だんご》だけじゃつまらない。もっともっといいものをやりたいな。山男《やまおとこ》がうれしがって泣《な》いてぐるぐるはねまわって、それからからだが天《てん》に飛《と》んでしまうくらいいいものをやりたいなあ。」

おじいさんは消《き》えたランプを取《と》りあげて、

「うん、そういういいものあればなあ。さあ、うちへ入《はい》って豆《まめ》をたべろ。そのうちに、おとうさんもとなりから帰《かえ》るから。」といいながら、家《いえ》の中《なか》にはいりました。

亮二《りょうじ》はだまって青《あお》い斜《なな》めなお月《つき》さまをながめました。
風《かぜ》が山《やま》のほうで、ごうっと鳴《な》っております。

声《こえ》に出《だ》して読《よ》んでみよう!

「祭《まつり》の晩《ばん》」のベスト3《スリー》

齋藤孝先生《さいとうたかしせんせい》が「祭《まつり》の晩《ばん》」のなかで
好《す》きな文章《ぶんしょう》ベスト3《スリー》はこれだ!

1

アセチレンの火《ひ》は青《あお》くてきれいだけれどもどうも大蛇《だいじゃ》のような悪《わる》い臭《にお》いがある……。

2

「そら、銭《ぜに》をだすぞ。これでゆるしてくれろ。薪《たきぎ》を百把《ぱ》あとで返《かえ》すぞ。栗《くり》を八斗《と》あとで返《かえ》すぞ。」

3

「おじいさん、山男《やまおとこ》はあんまり正直《しょうじき》でかあいそうだ。僕《ぼく》なにかいいものをやりたいな。」

自分《じぶん》のベスト3《スリー》を選《えら》んでみよう!
ベスト3《スリー》を考《かんが》えながら読《よ》むと、
物語《ものがたり》がしぜんと自分《じぶん》のなかに入《はい》ってくるよ。

「祭《まつり》の晩《ばん》」のかいせつ

ぼくがこのお話《はなし》でいちばん好《す》きなのは、亮二《りょうじ》くんがおじいさんに「山男《やまおとこ》はあんまり正直《しょうじき》でかあいそうだ。」というところ。山男《やまおとこ》は悪気《わるぎ》はなかったのに、言葉《ことば》がうまくつうじなくておこられちゃう。亮二《りょうじ》くんが助《たす》けてあげたら、山《やま》の暮《く》らしもきびしくて楽《らく》ではないのに、薪《たきぎ》と栗《くり》をお礼《れい》に持《も》ってくるんだね。それを正直《しょうじき》すぎてかわいそうだと思《おも》う、この男《おとこ》の子《こ》のやさしい気持《きも》ちがいいなあ。亮二《りょうじ》くんはすごくえらいと思《おも》うんだ。大人《おとな》はみんな山男《やまおとこ》につらくあたっていたのに、彼《かれ》はすぐに、山男《やまおとこ》は悪《わる》い人《ひと》じゃないとわかって助《たす》けてあげるんだね。

最近《さいきん》、いじめの問題《もんだい》があるけど、山男《やまおとこ》をちょっと仲間《なかま》はずれにされやすい人《ひと》と考《かんが》えてみよう。自分《じぶん》では仲間《なかま》に入《はい》りたいけど入《はい》れない。そこに亮二《りょうじ》くんみたいな子《こ》がひとりいると、いじめられてる子《こ》もすごくほっとするんじゃないかな。亮二《りょうじ》くんは、やさしい心《こころ》を持《も》っていて、しかもちゃんと行動《こうどう》ができているところが、ぼくは大好《だいす》きなんだ。みんなにも亮二《りょうじ》くんのような心《こころ》を持《も》ってほしいと思《おも》って、この作品《さくひん》を選《えら》んだんだよ。

銀河鉄道《ぎんがてつどう》の夜《よる》

この「銀河鉄道《ぎんがてつどう》の夜《よる》」は、もとは中編《ちゅうへん》の長《なが》さの作《さく》品《ひん》で、内容《ないよう》も小学生《しょうがくせい》にはすこし難《むずか》しいところがあります。そこで、今回収録《こんかいしゅうろく》するにあたって、編者《へんじゃ》の齋《さい》藤孝先生《とうたかしせんせい》が、おもしろい名場面《めいばめん》を選《えら》んで、収録《しゅうろく》しました。また、名場面《めいばめん》と名場面《めいばめん》のあいだは、齋藤孝先《さいとうたかしせん》生《せい》の文章《ぶんしょう》（ゴシック体《たい》の部分《ぶぶん》）で、わかりやすくつながるように工夫《くふう》してあります。

「ではみなさんは、そういうふうに川《かわ》だといわれたり、乳《ちち》の流《なが》れたあとだといわれたりしていたこのぼんやりと白《しろ》いものがほんとうはなにかご承知《しょうち》ですか。」先生《せんせい》は、黒板《こくばん》につるした大《おお》きな黒《くろ》い星座《せいざ》の図《ず》の、上《うえ》から下《した》へ白《しろ》くけぶった銀河帯《ぎんがたい》のようなところを指《さ》しながら、みんなに問《と》いをかけました。

カムパネルラが手《て》をあげました。それから四、五人手《にんて》をあげました。ジョバンニも手《て》をあげようとして、急《いそ》いでそのままやめました。たしかにあれがみんな星《ほし》だと、いつか雑誌《ざっし》で読《よ》んだのでしたが、このごろはジョバンニはまるで毎日教室《まいにちきょうしつ》でもねむく、本《ほん》を読《よ》むひまも読《よ》む本《ほん》もないので、なんだかどんなこともよくわからないという気持《きも》ちがするのでした。

ところが先生《せんせい》は早《はや》くもそれを見《み》つけたのでした。

「ジョバンニさん。あなたはわかっているのでしょう。」

ジョバンニは勢《いきお》いよく立《た》ちあがりましたが、立《た》ってみるともうはっきりとそれを答《こた》えることができないのでした。ザネリが前《まえ》の席《せき》からふりかえって、ジョバンニを見《み》てくすっとわらいました。ジョバンニはもうどぎまぎしてまっ赤《か》になってしまいました。先生《せんせい》がまたいいました。

「大《おお》きな望遠鏡《ぼうえんきょう》で銀河《ぎんが》をよっく調《しら》べると銀河《ぎんが》はだいたいなんでしょう。」

やっぱり星《ほし》だとジョバンニは思《おも》いましたがこんどもすぐに答《こた》えることができませんでした。

先生《せんせい》はしばらく困《こま》ったようすでしたが、眼《め》をカムパネルラのほうへ向《む》けて、

「ではカムパネルラさん。」と名指《なざ》しました。するとあんなに元気《げんき》に手《て》をあげたカムパネルラが、やはりもじもじ立《た》ち上《あ》がったままやはり答《こた》えができませんでした。

先生《せんせい》は意外《いがい》なようにしばらくじっとカムパネルラを見《み》ていましたが、急《いそ》いで「では。よし。」といいながら、自分《じぶん》で星図《せいず》を指《さ》しました。

「このぼんやりと白《しろ》い銀河《ぎんが》を大《おお》きないい望遠鏡《ぼうえんきょう》で見《み》ますと、もうたくさんの小《ちい》さな星《ほし》に

見《み》えるのです。ジョバンニさんそうでしょう。」

ジョバンニはまっ赤《か》になってうなずきました。けれどもいつかジョバンニの眼《め》のなかには涙《なみだ》がいっぱいになりました。そうだぼくは知《し》っていたのだ、もちろんカムパネルラも知《し》っている、それはいつかカムパネルラのお父《とう》さんの博士《はかせ》のうちでカムパネルラといっしょに読《よ》んだ雑誌《ざっし》のなかにあったのだ。それどこでなくカムパネルラは、その雑誌《ざっし》を読《よ》むと、すぐお父《とう》さんの書斎《しょさい》からおおきな本《ほん》をもってきて、ぎんがというところをひろげ、まっ黒《くろ》なページいっぱいに白《しろ》い点々《てんてん》のある美《うつく》しい写真《しゃしん》を二人《ふたり》でいつまでも見《み》たのでした。それをカムパネルラが忘《わす》れるはずもなかったのに、すぐに返事《へんじ》をしなかったのは、このごろぼくが、朝《あさ》にも午後《ごご》にも仕事《しごと》がつらく、学校《がっこう》に出《で》てももうみんなともはきはき遊《あそ》ばず、カムパネルラともあんまり物《もの》をいわないようになったので、カムパネルラがそれを知《し》って気《き》の毒《どく》がってわざと返事《へんじ》をしなかったのだ、そう考《かんが》えるとたまらないほど、じぶんもカムパネルラもあわれなような気《き》がするのでした。

銀河《ぎんが》についての授業《じゅぎょう》がおわり、みんなは星祭《ほしまつ》りの相談《そうだん》をしていましたが、ジョバンニは学校《がっこう》の門《もん》をでたら家《いえ》にも帰《かえ》らず活版所《かっぱんじょ》にいって、活字《かつじ》ひろいの仕事《しごと》をしました。そして、小《ちい》さな銀貨《ぎんか》をもらって、パンと角砂糖《かくざとう》を買《か》って家《いえ》に帰《かえ》りました。ジョバンニの家《いえ》では、お母《かあ》さんは病気《びょうき》で寝《ね》ていました。お父《とう》さんは長《なが》いこと帰《かえ》ってきていませんでした。

ケンタウル祭《さい》の夜《よる》、ジョバンニは、帰《かえ》ってこないお父《とう》さんのことでいじわるなザネリやみんなにからかわれて、なんともいえずさびしくなって、丘《おか》のほうに走《はし》りました。

丘《おか》のいただきの、天気輪《てんきりん》の柱《はしら》《天気をうらなう石の柱》の下《した》にきて、ジョバンニはつめたい草《くさ》にからだを投《な》げだしました。

そうしていると、ジョバンニには、空《そら》の銀河《ぎんが》がみんな星《ほし》だとは思《おも》えませんでした。見《み》れば見《み》るほど、そこには林《はやし》や牧場《ぼくじょう》がある野原《のはら》のように考《かんが》えられてしかたがなかったのです。やがて、天気輪《てんきりん》の柱《はしら》はぼんやりとした三角標《さんかくひょう》《三角の標しき》の形《かたち》になって、蛍《ほたる》のようにぺかぺかと消《き》えたりともったりしはじめました。それはだんだんはっきりして、しまいには野原《のはら》にまっすぐにすきっと立《た》ったのです。

するとどこかで、ふしぎな声《こえ》が、銀河《ぎんが》ステーション、銀河《ぎんが》ステーションという声《こえ》がしたと思《おも》うといきなり眼《め》の前《まえ》が、ぱっと明《あか》るくなって、まるで億万《おくまん》の蛍烏賊《ほたるいか》《小さな光るイカ》の火《ひ》をいっぺんに化石《かせき》させて、そらじゅうに沈《しず》めたというぐあい、またダイアモンド会社《がいしゃ》で、ねだんがやすくならないために、わざと穫《と》れないふりをして、かくしておいた金剛石《こんごうせき》《ダイヤモンド》を、誰《だれ》かがいきなりひっくりかえして、ばらまいたというふうに、眼《め》の前《まえ》がさあっと明《あか》るくなって、ジョバンニは、思《おも》わず何《なん》べんも眼《め》をこすってしまいました。

気《き》がついてみると、さっきから、ごとごとごとごと、ジョバンニの乗《の》っている小《ちい》さな列《れっ》車《しゃ》が走《はし》りつづけていたのでした。ほんとうにジョバンニは、夜《よる》の軽便鉄道《けいべんてつどう》《小型の鉄道》の、小《ちい》さな黄《き》い

ろの電燈《でんとう》のならんだ車室《しゃしつ》に、窓《まど》から外《そと》を見《み》ながら座《すわ》っていたのです。車室《しゃしつ》の中《なか》は、青《あお》い天鵞絨《びろうど》を張《は》った腰掛《こしか》けが、まるでがらあきで、向《む》こうのねずみいろのワニスを塗《ぬ》った壁《かべ》には、真鍮《しんちゅう》の大《おお》きなぼたんが二つ光《ひか》っているのでした。

すぐ前《まえ》の席《せき》に、ぬれたようにまっ黒《くろ》な上着《うわぎ》を着《き》た、せいの高《たか》い子供《こども》が、窓《まど》から頭《あたま》を出《だ》して外《そと》を見《み》ているのに気《き》がつきました。そしてそのこどもの肩《かた》のあたりが、どうも見《み》たことのあるような気《き》がして、そう思《おも》うと、もうどうしても誰《だれ》だかわかりたくて、たまらなくなりました。いきなりこっちも窓《まど》から顔《かお》を出《だ》そうとしたとき、にわかにその子供《こども》が頭《あたま》を引《ひ》っ込《こ》めて、こっちを見《み》ました。

それはカムパネルラだったのです。

ジョバンニが、カムパネルラ、きみは前《まえ》からここにいたのといおうと思《おも》ったとき、カムパネルラが、

「みんなはねずいぶん走《はし》ったけれども遅《おく》れてしまったよ。ザネリもね、ずいぶん走《はし》ったけ

やわらかな布の一種

れども追《お》いつかなかった。」といいました。

ジョバンニは、(そうだ、ぼくたちはいま、いっしょにさそってでかけたのだ。)とおもいながら、

「どこかで待《ま》っていようか。」といいました。するとカムパネルラは、

「ザネリはもう帰《かえ》ったよ。お父《とう》さんが迎《むか》いにきたんだ。」

カムパネルラは、なぜかそういいながら、少《すこ》し顔《かお》いろが青《あお》ざめて、どこか苦《くる》しいというふうでした。するとジョバンニも、なんだかどこかに、なにか忘《わす》れたものがあるというような、おかしな気持《きも》ちがしてだまってしまいました。

ところがカムパネルラは、窓《まど》から外《そと》をのぞきながら、もうすっかり元気《げんき》が直《なお》って、勢《いきお》いよくいいました。

「ああしまった。ぼく、水筒《すいとう》を忘《わす》れてきた。スケッチ帳《ちょう》も忘《わす》れてきた。けれどかまわない。もうじき白鳥《はくちょう》の停車場《ていしゃば》だから。ぼく、白鳥《はくちょう》を見《み》るなら、ほんとうにすきだ。川《かわ》の遠《とお》くを

飛《と》んでいたって、ぼくはきっと見《み》える。」そして、カムパネルラは、円《まる》い板《いた》のようになった地図《ちず》を、しきりにぐるぐるまわして見《み》ていました。まったくその中《なか》に、白《しろ》くあらわされた天《あま》の川《がわ》の左《ひだり》の岸《きし》に沿《そ》って一条《じょう》の鉄道線路《てつどうせんろ》が、南《みなみ》へ南《みなみ》へとたどってゆくのでした。そしてその地図《ちず》の立派《りっぱ》なことは、夜《よる》のようにまっ黒《くろ》な盤《ばん》の上《うえ》に、いちいちの停車場《ていしゃば》や三角標《さんかくひょう》、泉水《いずみ》や森《もり》が、青《あお》や橙《だいだい》《オレンジいろ》や緑《みどり》や、うつくしい光《ひかり》でちりばめられてありました。ジョバンニはなんだかその地図《ちず》をどこかで見《み》たようにおもいました。

「この地図《ちず》はどこで買《か》ったの。黒曜石《こくようせき》《黒いガラスのような石》でできてるねえ。」

ジョバンニがいいました。

「銀河《ぎんが》ステーションで、もらったんだ。君《きみ》もらわなかったの。」

「ああ、ぼく銀河《ぎんが》ステーションを通《とお》ったろうか。いまぼくたちのいるとこ、ここだろう。」

ジョバンニは、白鳥《はくちょう》と書《か》いてある停車場《ていしゃば》のしるしの、すぐ北《きた》を指《さ》しました。

「そうだ。おや、あの河原《かわら》は月夜《つきよ》だろうか。」

そっちを見《み》ますと、青白《あおじろ》く光《ひか》る銀河《ぎんが》の岸《きし》に、銀《ぎん》いろの空《そら》のすすきが、もうまるでいちめん、風《かぜ》にさらさらさらさら、ゆられてうごいて、波《なみ》を立《た》てているのでした。

「月夜《つきよ》でないよ。銀河《ぎんが》だから光《ひか》るんだよ。」ジョバンニはいいながら、まるではね上《あ》がりたいくらい愉快《ゆかい》になって、足《あし》をこつこつ鳴《な》らし、窓《まど》から顔《かお》を出《だ》して、高《たか》く高《たか》く星《ほし》めぐりの口笛《くちぶえ》を吹《ふ》きながら一生《いっしょう》けん命《めい》のびあがって、その天《あま》の川《がわ》の水《みず》を、見《み》きわめようとしましたが、はじめはどうしてもそれが、はっきりしませんでした。けれどもだんだん気《き》をつけて見《み》ると、そのきれいな水《みず》は、ガラスよりも水素《すいそ》よりもすきとおって、ときどき眼《め》の加減《かげん》か、ちらちら紫《むらさき》いろのこまかな波《なみ》をたてたり、虹《にじ》のようにぎらっと光《ひか》ったりしながら、声《こえ》もなくどんどん流《なが》れていき、野原《のはら》にはあっちにもこっちにも、燐光《りんこう》の三角標《さんかくひょう》が、うつくしく立《た》っていたのです。遠《とお》いものは小《ちい》さく、近《ちか》いものは大《おお》きく、遠《とお》いものは橙《だいだい》や黄《き》いろではっきりし、近《ちか》いものは青白《あおじろ》く少《すこ》しかすんで、あるいは三角形《さんかくけい》、あるいは四辺形《しへんけい》、あるいは電《いなずま》や鎖《くさり》の形《かたち》、さまざまにならんで、野原《のはら》いっぱい光《ひか》っているのでした。ジョバンニは、まるでどきどきして、頭《あたま》をやけに振《ふ》りました。するとほんとうに、そのきれいな野原《のはら》じゅうの青《あお》や橙《だいだい》や、いろいろかがやく三角標《さんかくひょう》も、てんでに息《いき》をつくように、ちらちらゆれたりふるえたりしました。

「ぼくはもう、すっかり天《てん》の野原《のはら》に来《き》た。」ジョバンニはいいました。

「それにこの汽車石炭《きしゃせきたん》をたいていないねえ。」ジョバンニが左手《ひだりて》をつき出《だ》して窓《まど》から前《まえ》のほうを見《み》ながらいいました。

「アルコールか電気《でんき》だろう。」カムパネルラがいいました。

ごとごとごとごと、その小《ちい》さなきれいな汽車《きしゃ》は、そらのすすきの風《かぜ》にひるがえる中《なか》を、天《あま》の川《がわ》の水《みず》や、三角点《さんかくてん》の青《あお》じろい微光《びこう》《とてもよわい光》の中《なか》を、どこまでもどこまでもと、走《はし》っていくのでした。

「ああ、りんどうの花《はな》が咲《さ》いている。もうすっかり秋《あき》だねえ。」カムパネルラが、窓《まど》の外《そと》を指《ゆび》さしていいました。

線路《せんろ》のへりになったみじかい芝草《しばくさ》の中《なか》に、月長石《げっちょうせき》（青白い宝石の一種）でも刻《きざ》まれたような、すばらしい紫《むらさき》のりんどうの花《はな》が咲《さ》いていました。

「ぼく、飛《と》び下《お》りて、あいつをとって、また飛《と》び乗《の》ってみせようか。」ジョバンニは胸《むね》を躍《おど》らせていいました。

「もうだめだ。あんなにうしろへ行《い》ってしまったから。」

カムパネルラが、そういってしまうかしまわないうち、次《つぎ》のりんどうの花《はな》が、いっぱいに光《ひか》って過《す》ぎていきました。

と思《おも》ったら、もう次《つぎ》から次《つぎ》から、たくさんの黄《き》いろな底《そこ》をもったりんどうの花《はな》のコップが、湧《わ》くように、雨《あめ》のように、眼《め》の前《まえ》を通《とお》り、三角標《さんかくひょう》の列《れつ》は、けむるように燃《も》えるように、いよいよ光《ひか》って立《た》ったのです。

天《あま》の川《がわ》にそって進《すす》む銀河鉄道《ぎんがてつどう》は、十一時《じ》ちょうどに白鳥《はくちょう》の停車場《ていしゃば》にとまり、ジョバンニとカムパネルラもそこで降《お》りてみました。そこの河原《かわら》では砂《すな》はみんな水晶《すいしょう》で、中《なか》では小《ちい》さな火《ひ》が燃《も》えていました。川上《かわかみ》のほうでは、すすきのいっぱい生《は》えている崖《がけ》の下《した》に、白《しろ》い岩《いわ》がたいらに川《かわ》にそってでていました。そこは「プリオシン海岸《かいがん》」という、瀬《せ》戸《と》物《もの》のつるつるした標札《ひょうさつ》が立《た》っていて、岩《いわ》の中《なか》にはいっている百二十万年前《まんねんまえ》のくるみの実《み》がたくさんありました。また、学者《がくしゃ》らしい人《ひと》と三人《にん》の助手《じょしゅ》らしい人《ひと》たちが、牛《うし》の先祖《せんぞ》の化石《かせき》を掘《ほ》っていました。

二人《ふたり》が車室《しゃしつ》にもどると、鳥《とり》を捕《と》る人《ひと》といっしょになり、雁《がん》の押《お》し葉《ば》（わたり鳥の一種）というふしぎな食《た》べ物《もの》をすこしもらって食《た》べました。鳥捕《とりと》りがいなくなると、こんどは黒《くろ》い洋服《ようふく》を着《き》た青年《せいねん》に連《つ》れられた、男《おとこ》の子《こ》と女《おんな》の子《こ》といっしょになりました。彼《かれ》らは、船《ふね》が氷山《ひょうざん》にぶつかって水《みず》に落《お》ちてしまって、これから天国《てんごく》に召《め》されていくところでした。女《おんな》の子《こ》はジョバンニに話《はな》しかけてきましたが、ジョバンニはうまく話《はな》せずに、かなしくさびしくなってしまいました。

ジョバンニたちとふしぎなお客《きゃく》を乗《の》せた銀河鉄道《ぎんがてつどう》は、コロラドの高原《こうげん》のような高《たか》い崖《がけ》の上《うえ》をとおっていましたが、やがて天《あま》の川《がわ》の水面《すいめん》にむかって、どんどん下《お》りていきました。

川《かわ》の向《む》こう岸《ぎし》がにわかに赤《あか》くなりました。やなぎの木《き》や何《なに》かもまっ黒《くろ》にすかしだされ見《み》えない天《あま》の川《がわ》の波《なみ》もときどきちらちら針《はり》のように赤《あか》く光《ひか》りました。まったく向《む》こう岸《ぎし》の野《の》原《はら》に大《おお》きなまっ赤《か》な火《ひ》が燃《も》されその黒《くろ》いけむりは高《たか》く桔梗《ききょう》いろのつめたそうな天《てん》をも焦《こ》がしそうでした。ルビーよりも赤《あか》くすきとおりリチウムよりもうつくしく酔《よ》ったようになってその火《ひ》は燃《も》えているのでした。

「あれはなんの火《ひ》だろう。あんな赤《あか》く光《ひか》る火《ひ》はなにを燃《も》やせばできるんだろう。」ジョバンニがいいました。

「さそりの火《ひ》だな。」カムパネルラがまた地図《ちず》と首《くび》っ引《ぴ》きして答《こた》えました。

「あら、さそりの火《ひ》のことならあたし知《し》ってるわ。」

「さそりの火《ひ》ってなんだい。」ジョバンニがききました。

「さそりがやけて死《し》んだのよ。その火《ひ》がいまでも燃《も》えてるってあたし何《なん》べんもお父《とう》さんから聴《き》いたわ。」

「さそりって、虫《むし》だろう。」

「ええ、さそりは虫《むし》よ。だけどいい虫《むし》だわ。」

「さそり、いい虫《むし》じゃないよ。ぼく博物館《はくぶつかん》でアルコールにつけてあるの見《み》た。尾《お》にこんなかぎがあってそれでさされると死《し》ぬって先生《せんせい》がいったよ。」

「そうよ。だけどいい虫《むし》だわ、お父《とう》さんこういったのよ。むかしのバルドラの野原《のはら》に一ぴきのさそりがいて小《ちい》さな虫《むし》やなんか殺《ころ》してたべて生《い》きていたんですって。するとある日《ひ》いたちに見《み》つかって食《た》べられそうになったんですって。さそりは一生《いっしょう》けん命《めい》にげてにげたけどとうとういたちに押《お》さえられそうになったわ、そのときいきなり前《まえ》に井戸《いど》があってそ

の中《なか》に落《お》ちてしまったわ、もうどうしてもあがられないでさそりは溺《おぼ》れはじめたのよ。そのときさそりはこういってお祈《いの》りしたというの、

ああ、わたしはいままでいくつのものの命《いのち》をとったかわからない、そしてそのわたしがこんどいたちにとられようとしたときはあんなに一生《いっしょう》けん命《めい》にげた。それでもとうとうこんなになってしまった。ああなんにもあてにならない。どうしてわたしはわたしのからだをだまっていたちにくれてやらなかったろう。そしたらいたちも一日《にち》生《い》きのびたろうに。どうか神《かみ》さま。わたしの心《こころ》をごらんください。こんなにむなしく命《いのち》をすてずどうかこの次《つぎ》にはまことのみんなの幸《さいわ》いのためにわたしのからだをおつかいください。っていったというの。そしたらいつかさそりはじぶんのからだがまっ赤《か》なうつくしい火《ひ》になって燃《も》えてよるのやみを照《て》らしているのを見《み》たって。いまでも燃《も》えてるってお父《とう》さんおっしゃったわ。ほんとうにあの火《ひ》それだわ。」

「そうだ。見《み》たまえ。そこらの三角標《さんかくひょう》はちょうどさそりの形《かたち》にならんでいるよ。」

ジョバンニはまったくその大《おお》きな火《ひ》の向《む》こうに三つの三角標《さんかくひょう》がちょうどさそりの腕《うで》のようにこっちに五つの三角標《さんかくひょう》がさそりの尾《お》やかぎのようにならんでいるのを見《み》ました。そしてほんとうにそのまっ赤《か》なうつくしいさそりの火《ひ》は音《おと》なくあかるくあかるく燃《も》えたのです。

銀河鉄道《ぎんがてつどう》は、天《あま》の川《がわ》をさらにすすみました。やがて、サウザンクロスが近《ちか》づくと、黒《くろ》い服《ふく》を着《き》た青年《せいねん》と、男《おとこ》の子《こ》と女《おんな》の子《こ》は天国《てんごく》にいくために、そこで降《お》りる支度《したく》をはじめました。ジョバンニは別《わか》れるのがつらくて、声《こえ》をあげて泣《な》きそうになりました。

「さあもう支度《したく》はいいんですか。じきサウザンクロスですから。」

ああそのときでした。見《み》えない天《あま》の川《がわ》のずうっと川下《かわしも》に青《あお》や橙《だいだい》やもうあらゆる光《ひかり》でちりばめられた十字架《じゅうじか》がまるで一本《ぽん》の木《き》というふうに川《かわ》の中《なか》から立《た》ってかがやきその上《うえ》には青《あお》じろい雲《くも》がまるい環《わ》になって後光《ごこう》のようにかかっているのでした。汽車《きしゃ》の中《なか》がまるでざわざわしました。みんなあの北《きた》の十字《じゅうじ》のときのようにまっすぐに立《た》ってお祈《いの》りをはじめました。あっちにもこっちにも子供《こども》が瓜《うり》に飛《と》びついたときのようなよろこびの声《こえ》やなんともいいようない深《ふか》いつつましいためいきの音《おと》ばかりきこえました。そしてだんだん十字架《じゅうじか》は窓《まど》の正面《しょうめん》になりあのりんごの肉《にく》のような青《あお》じろい環《わ》の雲《くも》もゆるやかにゆるやかにめぐっているのが見《み》えました。

「ハルレヤハルレヤ。」明《あか》るくたのしくみんなの声《こえ》はひびきみんなはそのそらの遠《とお》くからつめたいそらの遠《とお》くからすきとおったなんともいえずさわやかなラッパの声《こえ》をききました。そしてたくさんのシグナルや電燈《でんとう》の灯《あかり》のなかを汽車《きしゃ》はだんだんゆるやかになりとうとう十字架《じゅうじか》のちょうどま向《む》かいに行《い》ってすっかりとまりました。

「さあ、下《お》りるんですよ。」青年《せいねん》は男《おとこ》の子《こ》の手《て》をひきだんだん向《む》こうの出口《でぐち》のほうへ歩《ある》きだしました。

「じゃさよなら。」女《おんな》の子《こ》がふりかえって二人《ふたり》にいいました。

「さよなら。」ジョバンニはまるで泣《な》き出《だ》したいのをこらえて怒《おこ》ったようにぶっきりぼう《らんぼうなようすで》にいいました。女《おんな》の子《こ》はいかにもつらそうに眼《め》を大《おお》きくしても一度《いちど》こっちをふりかえってそれからあとはもうだまって出《で》ていってしまいました。汽車《きしゃ》の中《なか》はもう半分以上《はんぶんいじょう》も空《あ》いてしまいにわかにがらんとしてさびしくなり風《かぜ》がいっぱいに吹《ふ》き込《こ》みました。

そして見《み》ているとみんなはつつましく列《れつ》を組《く》んであの十字架《じゅうじか》の前《まえ》の天《あま》の川《がわ》のなぎさにひざまずいていました。そしてその見《み》えない天《あま》の川《がわ》の水《みず》をわたってひとりの神々《こうごう》しい白《しろ》いきものの人《ひと》が手《て》をのばしてこっちへ来《く》るのを二人《ふたり》は見《み》ました。けれどもそのときはもう硝子《ガラス》の呼《よ》び子《こ》は鳴《な》らされ汽車《きしゃ》はうごきだしと思《おも》ううちに銀《ぎん》いろの霧《きり》が川下《かわしも》のほうからすうっと流《なが》れてきてもうそっちは何《なに》も見《み》えなくなりました。ただたくさんのくるみの木《き》が葉《は》をさんさんと光《ひか》らしてその霧《きり》の中《なか》に立《た》ち黄金《きん》の円光《えんこう》をもった電気《でんき》りすがかわいい顔《かお》をその中《なか》からちらちらのぞいているだけでした。

そのときすうっと霧《きり》がはれかかりました。どこかへ行《い》く街道《かいどう》らしく小《ちい》さな電燈《でんとう》の一列《れつ》についた通《とお》りがありました。それはしばらく線路《せんろ》にそって進《すす》んでいました。そして二人《ふたり》がそのあかしの前《まえ》を通《とお》っていくときはその小《ちい》さな豆《まめ》いろの火《ひ》はちょうどあいさつでもするようにぽかっと消《き》え二人《ふたり》が過《す》ぎていくときまた点《つ》くのでした。

ふりかえって見《み》るとさっきの十字架《じゅうじか》はすっかり小《ちい》さくなってしまいほんとうにもうそのまま胸《むね》にもつるされそうになり、さっきの女《おんな》の子《こ》や青年《せいねん》たちがその前《まえ》の白《しろ》いなぎさにまだひざまずいているのかそれともどこか方角《ほうがく》もわからないその天上《てんじょう》へ行《い》ったのかぼんやりして見分《みわ》けられませんでした。

ジョバンニはああと深《ふか》く息《いき》しました。

「カムパネルラ、またぼくたち二人《ふたり》きりになったねえ、どこまでもどこまでも一緒《いっしょ》に行《い》こう。ぼくはもうあのさそりのようにほんとうにみんなの幸《しあわ》せのためならばぼくのからだなんか百ぺん灼《や》いてもかまわない。」

「うん。ぼくだってそうだ。」カムパネルラの眼《め》にはきれいな涙《なみだ》がうかんでいました。

「けれどもほんとうのさいわいはいったいなんだろう。」ジョバンニがいいました。

「ぼくわからない。」カムパネルラがぼんやりいいました。

「ぼくたちしっかりやろうねえ。」ジョバンニが胸《むね》いっぱい新《あたら》しい力《ちから》が湧《わ》くようにふうと息《いき》をしながらいいました。

「あ、あすこ石炭《せきたん》ぶくろ《天の川にある暗黒星雲》だよ。そらのあなだよ。」カムパネルラが少《すこ》しそっちをさけるようにしながら天《あま》の川《がわ》のひとところを指《ゆび》さしました。ジョバンニはそっちを見《み》てまるでぎくっとしてしまいました。天《あま》の川《がわ》のひとところに大《おお》きなまっくらなあながどおんとあいているのです。その底《そこ》がどれほど深《ふか》いかその奥《おく》に何《なに》があるかいくら眼《め》をこすってのぞいてもなんにも見《み》えずただ眼《め》がしんしんと痛《いた》むのでした。ジョバンニがいいました。

「ぼくもうあんな大《おお》きな暗《やみ》の中《なか》だってこわくない。きっとみんなのほんとうのさいわいをさがしに行《ゆ》く。どこまでもどこまでもぼくたち一緒《いっしょ》に進《すす》んでゆこう。」

「ああきっと行《ゆ》くよ。ああ、あすこの野原《のはら》はなんてきれいだろう。みんな集《あつ》まってるねえ。あすこがほんとうの天上《てんじょう》なんだ。あっあすこにいるのぼくのお母《かあ》さんだよ。」カムパネルラはにわかに窓《まど》の遠《とお》くに見《み》えるきれいな野原《のはら》を指《さ》してさけびました。

ジョバンニもそっちを見《み》ましたけれどもそこはぼんやり白《しろ》くけむっているばかり、どうしてもカムパネルラがいったように思《おも》われませんでした。なんともいえずさびしい気《き》がしてぼんやりそっちを見《み》ていましたら向《む》こうの河岸《かわぎし》に二本《ほん》の電信《でんしん》ばしらがちょうど両方《りょうほう》から腕《うで》を組《く》んだように赤《あか》い腕木《うでぎ》をつらねて立《た》っていました。

「カムパネルラ、ぼくたち一緒《いっしょ》に行《ゆ》こうねえ。」ジョバンニがこういいながらふりかえって見《み》ましたらそのいままでカムパネルラの座《すわ》っていた席《せき》にもうカムパネルラの形《かたち》は見《み》えずただ黒《くろ》いびろうどばかりひかっていました。ジョバンニはまるで鉄砲丸《てっぽうだま》のように立《た》ちあがりました。そして誰《だれ》にも聞《き》こえないように窓《まど》の外《そと》へからだを乗《の》り出《だ》して力《ちから》いっぱいはげしく胸《むね》をうって叫《さけ》びそれからもう咽喉《のど》いっぱい泣《な》きだしました。もうそこらがいっぺんにまっくらになったように思《おも》いました。

ジョバンニは眼《め》をひらきました。もとの丘《おか》の草《くさ》の中《なか》につかれてねむっていたのでした。胸《むね》は何《なん》だかおかしくほてり頬《ほほ》にはつめたい涙《なみだ》がながれていました。

夢《ゆめ》からさめたジョバンニは、配達《はいたつ》をわすれられた牛乳《ぎゅうにゅう》をとりにいって歩《ある》いていると、さっきカムパネルラたちが星祭《ほしまつ》りのあかりを流《なが》しにいった川《かわ》にかかった大《おお》きな橋《はし》のやぐらが見《み》えました。そして、女《おんな》たちが集《あつ》まって、橋《はし》のほうを見《み》ながらなにかひそひそと話《はな》していました。橋《はし》の上《うえ》にもいろいろなあかりがいっぱいなのでした。こどもが水《みず》に落《お》ちたのでした。ジョバンニが夢中《むちゅう》で人《ひと》だかりのほうへ走《はし》っていくと、さっきまでカムパネルラといっしょにいたマルソに会《あ》いました。

「ジョバンニ、カムパネルラが川《かわ》へはいったよ。」

「どうして、いつ。」

「ザネリがね、舟《ふね》の上《うえ》から烏《からす》うりのあかりを水《みず》の流《なが》れるほうへ押《お》してやろうとしたんだ。そのとき舟《ふね》がゆれたもんだから水《みず》へ落《お》っこったろう。するとカムパネルラがすぐ飛《と》びこんだんだ。そしてザネリを舟《ふね》のほうへ押《お》してよこした。ザネリはカトウにつかまった。けれどもあとカムパネルラが見《み》えないんだ。」

「みんな探《さが》してるんだろう。」

「ああすぐみんな来《き》た。カムパネルラのお父《とう》さんも来《き》た。けれども見《み》つからないんだ。ザネリはうちへ連《つ》れられてった。」

ジョバンニはみんなのいるそっちのほうへ行《い》きました。そこに学生《がくせい》たち町《まち》の人《ひと》たちに囲《かこ》まれて青《あお》じろいとがったあごをしたカムパネルラのお父《とう》さんが黒《くろ》い服《ふく》を着《き》てまっすぐに立《た》って右手《みぎて》に持《も》った時計《とけい》をじっと見《み》つめていたのです。

みんなもじっと河《かわ》を見《み》ていました。誰《だれ》もひとことも物《もの》をいう人《ひと》もありませんでした。ジョバンニはわくわくわくわく足《あし》がふるえました。魚《さかな》をとるときのアセチレンランプがたくさんせわしく行《い》ったり来《き》たりして黒《くろ》い川《かわ》の水《みず》はちらちら小《ちい》さな波《なみ》をたてて流《なが》れているのが見《み》えるのでした。

下流《かりゅう》のほうは川《かわ》はばいっぱい銀河《ぎんが》がおおきくうつってまるで水《みず》のないそのままのそらのように見《み》えました。

ジョバンニはそのカムパネルラはもうあの銀河《ぎんが》のはずれにしかいないというような気《き》がしてしかたなかったのです。

けれどもみんなはまだ、どこかの波《なみ》の間《あいだ》から、

「ぼくずいぶん泳《およ》いだぞ。」といいながらカムパネルラが出《で》てくるかあるいはカムパネルラがどこかの人《ひと》の知《し》らない洲《す》にでも着《つ》いて立《た》っていて誰《だれ》かの来《く》るのを待《ま》っているかという

ような気《き》がして仕方《しかた》ないらしいのでした。けれどもにわかにカムパネルラのお父《とう》さんがきっぱりいいました。

「もうだめです。落《お》ちてから四十五分《ふん》たちましたから。」

ジョバンニは思《おも》わずかけよって博士《はかせ》の前《まえ》に立《た》って、ぼくはカムパネルラの行《い》ったほうを知《し》っていますぼくはカムパネルラといっしょに歩《ある》いていたのですといおうとしましたがもうのどがつまってなんともいえませんでした。すると博士《はかせ》はジョバンニがあいさつに来《き》たとでも思《おも》ったものですか、しばらくしげしげジョバンニを見《み》ていましたが、

「あなたはジョバンニさんでしたね。どうも今晩《こんばん》はありがとう。」とていねいにいいました。

ジョバンニはなにもいえずにただおじぎをしました。

「あなたのお父《とう》さんはもう帰《かえ》っていますか。」博士《はかせ》はかたく時計《とけい》をにぎったまままたききました。

「いいえ。」ジョバンニはかすかに頭《あたま》をふりました。

「どうしたのかなあ。ぼくには一昨日《おととい》たいへん元気《げんき》な便《たよ》りがあったんだが。今日《きょう》あたりもう着《つ》くころなんだが。船《ふね》が遅《おく》れたんだな。ジョバンニさん。あした放課後《ほうかご》みなさんとうちへ遊《あそ》びに来《き》てくださいね。」

そういいながら博士《はかせ》はまた川下《かわしも》の銀河《ぎんが》のいっぱいにうつったほうへじっと眼《め》を送《おく》りました。

ジョバンニはもういろいろなことで胸《むね》がいっぱいでなんにもいえずに博士《はかせ》の前《まえ》をはなれてはやくお母《かあ》さんに牛乳《ぎゅうにゅう》を持《も》っていってお父《とう》さんの帰《かえ》ることを知《し》らせようと思《おも》うともういちもくさんに河原《かわら》を街《まち》のほうへ走《はし》りました。

声《こえ》に出《だ》して読《よ》んでみよう！

「銀河鉄道《ぎんがてつどう》の夜《よる》」のベスト3《スリー》

齋藤孝先生《さいとうたかしせんせい》が「銀河鉄道《ぎんがてつどう》の夜《よる》」のなかで
好《す》きな文章《ぶんしょう》ベスト3《スリー》はこれだ!

1

ごとごとごとごと、その小《ち》さなきれいな汽車《きしゃ》は、そらのすすきの風《かぜ》にひるがえる中《なか》を、天《あま》の川《がわ》の水《みず》や、三角点《さんかくてん》の青《あお》じろい微光《びこう》の中《なか》を、どこまでもどこまでもと、走《はし》っていくのでした。

2

「カムパネルラ、またぼくたち二人《ふたり》きりになったねえ、どこまでもどこまでも一緒《いっしょ》に行《い》こう。」

3

「ぼくはもうあのさそりのようにほんとうにみんなの幸《しあわ》せのためならばぼくのからだなんか百ぺん灼《や》いてもかまわない。」

自分《じぶん》のベスト3《スリー》を選《えら》んでみよう!

ベスト3《スリー》を考《かんが》えながら読《よ》むと、
物語《ものがたり》がしぜんと自分《じぶん》のなかに入《はい》ってくるよ。

「銀河鉄道《ぎんがてつどう》の夜《よる》」のかいせつ

銀河鉄道《ぎんがてつどう》というのは、天《あま》の川《がわ》を旅《たび》する、死《し》んだ人《ひと》が乗《の》るふしぎな鉄道《てつどう》なんだね。途中《とちゅう》で、いろんな駅《えき》に降《お》りるけど、そこはつまり天国《てんごく》なんだ。女《おんな》の子《こ》と出会《であ》って、女《おんな》の子《こ》たちはサウザンクロスで降《お》りるけど、そこも天国《てんごく》だから十字架《じゅうじか》がたくさんあったりする。

「カムパネルラ、ぼくたち一緒《いっしょ》に行《ゆ》こうねえ。」というんだけど、そのときジョバンニはこれが死者《ししゃ》の列車《れっしゃ》だとは気《き》づいていない。そのあと、カムパネルラがいなくなって、ふと目《め》ざめたらカムパネルラはおぼれて死《し》んでしまっていたんだね。

賢治《けんじ》にはトシという妹《いもうと》がいて、早《はや》くに亡《な》くなってしまう。賢治《けんじ》はほんとうに悲《かな》しくて、その思《おも》いが心《こころ》にのこっていて、この物語《ものがたり》を書《か》いたんだ。途中《とちゅう》まではいっしょに乗《の》っていて、ずーっといっしょにいきたいんだけど、いけない。そのつらさが、こういう美《うつく》しい物語《ものがたり》になったのは日本《にっぽん》の文学《ぶんがく》の奇跡《きせき》だね！

この作品《さくひん》は完成《かんせい》させずに、妹《いもうと》や死者《ししゃ》への祈《いの》りのつもりでずーっと書《か》きつづけていたそうだよ。

貝《かい》の火《ひ》

　この「貝《かい》の火《ひ》」は、もとは中編《ちゅうへん》の長《なが》さの作品《さくひん》ですが、みなさんにイッキ！　に読《よ》んでもらえるよう、編者《へんじゃ》の齋藤孝先生《さいとうたかしせんせい》が工夫《くふう》して、宮沢賢治《みやざわけんじ》の原文《げんぶん》を生《い》かしたまま、すこし短《みじか》くしてあります。短《みじか》くした部分《ぶぶん》は、齋藤孝先生《さいとうたかしせんせい》の文章《ぶんしょう》（ゴシック体《たい》の部分《ぶぶん》）でわかりやすくつながるように工夫《くふう》してあります。

子《こ》うさぎのホモイは、ある日《ひ》、川《かわ》でおぼれて流《なが》されていた、ひばりの子《こ》どもを助《たす》けました。それから幾日《いくにち》かすると、二羽《わ》の小鳥《ことり》がホモイのところへ舞《ま》い降《お》りてきました。

小鳥《ことり》のうち大《おお》きいほうは、まるい赤《あか》い光《ひか》るものを大事《だいじ》そうに草《くさ》におろしていいました。

ホモイは、その赤《あか》いものの光《ひかり》で、よくその顔《かお》を見《み》ていいました。

「あなたがたは先頃《せんころ》《さっきの》のひばりさんですか。」

母親《ははおや》のひばりは、

「さようでございます。先日《せんじつ》はまことにありがとうございました。せがれの命《いのち》をお助《たす》けくださいまして、まことにありがとう存《ぞん》じます。あなたさまはそのために、ご病気《びょうき》にさえおなりになったとのことでございましたが、もうおよろしゅうございますか。」

親子《おやこ》のひばりは、たくさんおじぎをしてまた申《もう》しました。

「わたくしどもは毎日《まいにち》このへんを飛《と》びめぐりまして、あなたさまの外《そと》へお出《で》なさいますのをお待《ま》ちいたしておりました。これはわたくしどもの王《おう》からの贈《おく》り物《もの》でございます。」といいながら、ひばりはさっきの赤《あか》い光《ひか》るものをホモイの前《まえ》に出《だ》して、薄《うす》いうすいけむりのようなハンケチを解《と》きました。それはとちの実《み》ぐらいあるまんまるの玉《たま》で、中《なか》では赤《あか》い火《ひ》がちらちら燃《も》えているのです。

ひばりの母親《ははおや》がまた申《もう》しました。

「これは貝《かい》の火《ひ》という宝珠《ほうじゅ》《きれいな石でできた宝の玉のこと》でございます。王《おう》さまのおことづて《でんごん》ではあなたさまのお手入《てい》れしだいで、この珠《たま》はどんなにでも立派《りっぱ》になると申《もう》します。どうかお納《おさ》めを願《ねが》います。」

ホモイは笑《わら》っていいました。

「ひばりさん、僕《ぼく》はこんなものいりませんよ。持《も》っていってください。たいへんきれいなもんですから、見《み》るだけでたくさんです。見《み》たくなったら、またあなたのところへ行《い》きましょう。」

ひばりが申《もう》しました。

「いいえ。それはどうかお納《おさ》めを願《ねが》います。わたくしどもの王《おう》からの贈《おく》り物《もの》でございますから。お納《おさ》めくださらないと、またわたくしはせがれと二人《ふたり》で切腹《せっぷく》をしないとなりません。さ、せがれ。おいとまをして。さ。おじぎ。ごめんくださいませ。」

そしてひばりの親子《おやこ》は二、三べんおじぎをして、あわてて飛《と》んでいってしまいました。

ホモイは玉《たま》をとりあげて見《み》ました。玉《たま》は赤《あか》や黄《き》の焔《ほのお》をあげて、せわしくせわしく燃《も》えているように見《み》えますが、実《じつ》はやはり冷《つめ》たく美《うつく》しく澄《す》んでいるのです。目《め》にあてて空《そら》にすかして見《み》ると、もう焔《ほのお》はなく、天《あま》の川《がわ》が奇麗《きれい》にすきとおっています。目《め》からはなすと、またちらりちらり美《うつく》しい火《ひ》が燃《も》えだします。

ホモイはそっと玉《たま》をささげて、おうちへはいりました。そしてすぐお父《とう》さんに見《み》せました。するとうさぎのお父《とう》さんが玉《たま》を手《て》にとって、めがねをはずしてよく調《しら》べてから申《もう》しました。

「これは有名《ゆうめい》な貝《かい》の火《ひ》という宝物《たからもの》だ。これはたいへんな玉《たま》だぞ。これをこのまま一生満《いっしょうまん》

足《ぞく》に持《も》っていることのできたものは、今《いま》までに鳥《とり》に二人《ふたり》魚《さかな》に一人《ひとり》あっただけだという話《はなし》だ。おまえはよく気《き》をつけて光《ひかり》をなくさないようにするんだぞ。」

ホモイが申《もう》しました。

「それは大丈夫《だいじょうぶ》ですよ。僕《ぼく》は決《けっ》してなくしませんよ。そんなようなことは、ひばりもいっていました。僕《ぼく》は毎日《まいにち》百ぺんずつ息《いき》をふきかけて百ぺんずつ紅雀《べにすずめ》の毛《け》でみがいてやりましょう。」

うさぎのおっかさんも、玉《たま》を手《て》にとってよくよくながめました。そしていいました。

「この玉《たま》はたいへん損《そん》じやす《こわれやすい》いということです。けれども、また亡《な》くなった鷲《わし》の大臣《だいじん》が持《も》っていたときは、大噴火《だいふんか》があって大臣《だいじん》が鳥《とり》の避難《ひなん》のために、あちこちさしずをして歩《ある》いているあいだに、この玉《たま》が山《やま》ほどある石《いし》に打《う》たれたり、まっかな熔岩《ようがん》に流《なが》されたりしても、いっこうきずも曇《くも》りもつかないでかえって前《まえ》よりも美《うつく》しくなったという話《はなし》ですよ。」

うさぎのお父《とう》さんが申《もう》しました。

「そうだ。それは名高《なだか》い話《はなし》だ。おまえもきっと鷲《わし》の大臣《だいじん》のような名高《なだか》い人《ひと》になるだろう。よくいじわるなんかしないように気《き》をつけないといけないぞ。」

ホモイはつかれてねむくなりました。そして自分《じぶん》のお床《とこ》にコロリと横《よこ》になっていいました。

「大丈夫《だいじょうぶ》だよ。僕《ぼく》なんかきっと立派《りっぱ》にやるよ。玉《たま》は僕《ぼく》持《も》って寝《ね》るんだからください。」

うさぎのおっかさんは玉《たま》を渡《わた》しました。ホモイはそれを胸《むね》にあててすぐねむってしまいました。

その晩《ばん》の夢《ゆめ》の奇麗《きれい》なことは、黄《き》や緑《みどり》の火《ひ》が空《そら》で燃《も》えたり、野原《のはら》が一面黄金《いちめんきん》の草《くさ》に変《か》わったり、たくさんの小《ちい》さな風車《かざぐるま》が蜂《はち》のようにかすかにうなって空中《くうちゅう》を飛《と》んであるいたり、仁義《じんぎ》をそなえた鷲《わし》の大臣《だいじん》が、銀色《ぎんいろ》のマントをきらきら波立《なみだ》てて野原《のはら》を見《み》まわったり、ホモイはうれしさに何《なん》べんも、

「ホウ。やってるぞ、やってるぞ。」と声《こえ》をあげたくらいです。

＊

あくる朝《あさ》、ホモイは七時《じ》ころ目《め》をさまして、まず第一《だいいち》に玉《たま》を見《み》ました。玉《たま》の美《うつく》しいことは、昨夜《ゆうべ》よりもっとです。ホモイは玉《たま》をのぞいて、ひとりごとをいいました。

「見《み》える、見《み》える。あそこが噴火口《ふんかこう》だ。そら火《ひ》をふいた。ふいたぞ。おもしろいな。まるで花火《はなび》だ。おや、おや、おや、火《ひ》がもくもくわいている。二つにわかれた。奇麗《きれい》だな。火《ひ》花《ばな》だ。火花《ひばな》だ。まるでいなずまだ。そら流《なが》れだしたぞ。すっかり黄金色《きんいろ》になってしまった。うまいぞ、うまいぞ。そらまた火《ひ》をふいた。」

お父《とう》さんはもう外《そと》へ出《で》ていました。おっかさんがにこにこして、おいしい白《しろ》い草《くさ》の根《ね》や青《あお》いばらの実《み》を持《も》ってきていいました。

「さあ早《はや》くお顔《かお》を洗《あら》って、今日《きょう》は少《すこ》し運動《うんどう》をするんですよ。どれちょっとお見《み》せ。まあほんとうに奇麗《きれい》だね。おまえがお顔《かお》を洗《あら》っているあいだ、おっかさんが見《み》ていてもいいかい。」

ホモイがいいました。

「いいとも。これはうちの宝物《たからもの》なんだから、おっかさんのだよ。」

そしてホモイは立《た》って家《うち》の入《い》り口《ぐち》の鈴蘭《すずらん》の葉《は》さきから、大粒《おおつぶ》の露《つゆ》を六つほど取《と》ってすっかりお顔《かお》を洗《あら》いました。

ホモイはごはんがすんでから、玉《たま》へ百ぺん息《いき》をふきかけ、それから百ぺん紅雀《べにすずめ》の毛《け》でみがきました。そしてたいせつに紅雀《べにすずめ》のむな毛《げ》につつんで、今《いま》までうさぎの遠《とお》めがねを入《い》れておいた瑪瑙《めのう》の箱《はこ》にしまってお母《かあ》さんにあずけました。そして外《そと》に出《で》ました。

赤や白のしまもようのある美しい石

風《かぜ》が吹《ふ》いて草《くさ》の露《つゆ》がバラバラとこぼれます。つりがねそうが朝《あさ》の鐘《かね》を、

「カン、カン、カンカエコ、カンコカンコカン。」と鳴《な》らしています。

ホモイはぴょんぴょん跳《と》んで樺《かば》の木《き》の下《した》に行《い》きました。

すると向《む》こうから、年《とし》をとった野馬《のうま》がやってまいりました。ホモイは少《すこ》し怖《こわ》くなって戻《もど》ろうとしますと、馬《うま》はていねいにおじぎをしていいました。

「あなたはホモイさまでございますか。こんど貝《かい》の火《ひ》がおまえさまにまいられましたそう

で実《じつ》に祝着《しゅうちゃく》に存《ぞん》じまする《よろこばしいことです》。あの玉《たま》がこのまえ獣《けもの》のほうにまいりましてから、もう千二百年《ねん》たっていると申《もう》しまする。いや、実《じつ》にわたくしめも今朝《けさ》そのお話《はなし》をうけたまわりまして、涙《なみだ》を流《なが》してござります。」馬《うま》はボロボロ泣《な》きだしました。

ホモイはあきれていましたが、馬《うま》があんまり泣《な》くものですから、ついつりこまれてちょっと鼻《はな》がせらせらしました。馬《うま》は風呂敷《ふろしき》ぐらいある浅黄《あさぎ》《うすい黄色》のハンケチを出《だ》して涙《なみだ》をふいて申《もう》しました。

「あなたさまはわたくしどもの恩人《おんじん》でございます。どうかくれぐれもおからだを大事《だいじ》になされてくだされませ。」

そして馬《うま》はていねいにおじぎをして向《む》こうへ歩《ある》いていきました。

ホモイはなんだかうれしいようなおかしいような気《き》がしてぼんやり考《かんが》えながら、にわとこの木《き》の陰《かげ》に行《い》きました。するとそこに若《わか》い二ひきのりすが、仲《なか》よく白《しろ》いお餅《もち》をたべておりましたがホモイの来《き》たのを見《み》ると、びっくりして立《た》ちあがって急《いそ》いで着物《きもの》のえりを直《なお》し、目《め》を白黒《しろくろ》くして餅《もち》をのみ込《こ》もうとしたりしました。

ホモイはいつものように、

「りすさん。おはよう。」とあいさつをしましたが、りすは二ひきともかたくなってしまって、いっこうことばも出《で》ませんでした。ホモイはあわてて、

「りすさん。今日《きょう》もいっしょにどこか遊《あそ》びに行《い》きませんか。」といいますと、りすはとんでもないというように目《め》をまんまるにして顔《かお》を見合《みあ》わせて、それからいきなり向《む》こうを向《む》いて一生《いっしょう》けん命《めい》逃《に》げていってしまいました。

ホモイはあきれてしまいました。そして顔色《かおいろ》を変《か》えてうちへ戻《もど》ってきて、

「おっかさん。なんだかみんな変《へん》なぐあいですよ。りすさんなんか、もう僕《ぼく》を仲間《なかま》はずれにしましたよ。」といいますと、うさぎのおっかさんが笑《わら》って答《こた》えました。

「それはそうですよ。おまえはもう立派《りっぱ》な人《ひと》になったんだから、りすなんか恥《は》ずかしいのです。ですからよく気《き》をつけてあとで笑《わら》われないようにするんですよ。」

ホモイがいいました。

「おっかさん。それは大丈夫《だいじょうぶ》ですよ。それなら僕《ぼく》はもう大将《たいしょう》になったんですか。」

おっかさんもうれしそうに、

「まあそうです。」と申《もう》しました。

ホモイがよろこんでおどりあがりました。

「うまいぞ。うまいぞ。もうみんな僕《ぼく》のてしたなんだ。狐《きつね》なんかもうこわくもなんともないや。おっかさん。僕《ぼく》ね、りすさんを少将《しょうしょう》にするよ。馬《うま》はね、馬《うま》は大佐《たいさ》にしてやろうと思《おも》うんです。」

おっかさんが笑《わら》いながら、

「そうだね、けれどもあんまりいばるんじゃありませんよ。」と申《もう》しました。

ホモイは、

「大丈夫《だいじょうぶ》ですよ。おっかさん、僕《ぼく》ちょっと外《そと》へ行《い》ってきます。」といったままぴょんと野《の》原《はら》へ飛《と》びだしました。するとすぐ目《め》の前《まえ》をいじわるの狐《きつね》が風《かぜ》のように走《はし》っていきます。

ホモイはぶるぶるふるえながら思《おも》い切《き》って叫《さけ》んでみました。

「待《ま》て。狐《きつね》。僕《ぼく》は大将《たいしょう》だぞ。」

狐《きつね》がびっくりしてふり向《む》いて顔色《かおいろ》を変《か》えて申《もう》しました。

「へい。存《ぞん》じて《しっています》おります。へい、へい。なにかご用《よう》でございますか。」

ホモイができるくらい《できるだけ》威勢《いせい》よくいいました。

「おまえはずいぶん僕《ぼく》をいじめたな。今度《こんど》は僕《ぼく》のけらいだぞ。」

狐《きつね》は卒倒《そっとう》しそうになって《気をうしなってたおれそうになって》、頭《あたま》に手《て》をあげて答《こた》えました。

「へい、お申《もう》し訳《わけ》もございません。どうかお許《ゆる》しを願《ねが》います。」

ホモイはうれしさにわくわくしました。

「特別《とくべつ》に許《ゆる》してやろう。おまえを少尉《しょうい》にする。よく働《はたら》いてくれ。」

狐《きつね》がよろこんで四へんばかりまわりました。

「へいへい。ありがとう存《ぞん》じます。どんなことでもいたします。少《すこ》しとうもろこしを盗《ぬす》んでまいりましょうか。」

ホモイが申《もう》しました。

「いや、それは悪《わる》いことだ。そんなことをしてはならん。」

狐《きつね》は頭《あたま》を掻《か》いて申《もう》しました。

「へいへい。これからは決《けっ》していたしません。なんでもおいいつけを待《ま》っていたします。」

ホモイはいいました。

「そうだ。用《よう》があったら呼《よ》ぶからあっちへ行《い》っておいで。」狐《きつね》はくるくるまわっておじぎをして向《む》こうへ行《い》ってしまいました。

ホモイはうれしくてたまりません。野原《のはら》を行《い》ったり来《き》たり、ひとりごとをいったり、笑《わら》ったり、さまざまの楽《たの》しいことを考《かんが》えているうちに、もうお日《ひ》さまが砕《くだ》けた鏡《かがみ》のように樺《かば》の木《き》の向《む》こうに落《お》ちましたので、ホモイも急《いそ》いでおうちに帰《かえ》りました。

うさぎのお父《とう》さまももう帰《かえ》っていて、その晩《ばん》はさまざまのご馳走《ちそう》がありました。ホモイはその晩《ばん》も美《うつく》しい夢《ゆめ》を見《み》ました。

＊

次《つぎ》の日《ひ》ホモイは、お母《かあ》さんにいいつけられて笊《ざる》を持《も》って野原《のはら》に出《で》て、鈴蘭《すずらん》の実《み》を集《あつ》めながらひとりごとをいいました。

「ふん、大将《たいしょう》が鈴蘭《すずらん》の実《み》を集《あつ》めるなんておかしいや。誰《だれ》かに見《み》つけられたらきっと笑《わら》われるばかりだ。狐《きつね》が来《く》るといいがなあ。」

すると足《あし》の下《した》がなんだかもくもくしました。見《み》るとむぐら《もぐら》が土《つち》をくぐってだんだん向《む》こうへ行《い》こうとします。ホモイは叫《さけ》びました。

「むぐら、むぐら、むぐらもち、おまえは僕《ぼく》の偉《えら》くなったことを知《し》ってるかい。」

むぐらが土《つち》の中《なか》でいいました。

「ホモイさんでいらっしゃいますか。よく存《ぞん》じております。」

ホモイは大《おお》いばりでいいました。

「そうか。そんならいいがね。僕《ぼく》、おまえを軍曹《ぐんそう》にするよ。そのかわり少《すこ》し働《はたら》いてくれないかい。」

むぐらはびくびくしてたずねました。

「へい、どんなことでございますか。」

ホモイがいきなり、

「鈴蘭《すずらん》の実《み》を集《あつ》めておくれ。」といいました。

むぐらは土《つち》の中《なか》で冷《ひ》や汗《あせ》をたらして頭《あたま》をかきながら、

「さあ、まことに恐《おそ》れ入《い》りますが、わたくしは明《あか》るいところの仕事《しごと》はいっこう無調法《ぶちょうほう》で《まったくうまくできません》ございます。」といいました。

ホモイはおこってしまって、

「そうかい。そんならいいよ。頼《たの》まないから。あとで見《み》ておいで。ひどいよ。」と叫《さけ》びました。

むぐらは「どうかごめんを願《ねが》います。わたくしは長《なが》くお日《ひ》さまを見《み》ますと死《し》んでしまいますので。」としきりにおわびをします。

ホモイは足《あし》をばたばたして、

「いいよ。もういいよ。だまっておいで。」といいました。

そのとき向《む》こうのにわとこの陰《かげ》から、りすが五ひきちょろちょろ出《で》てまいりました。そしてホモイの前《まえ》にぴょこぴょこ頭《あたま》を下《さ》げて申《もう》しました。

「ホモイさま、どうかわたくしどもに鈴蘭《すずらん》の実《み》をおとらせくださいませ。」ホモイが、

「いいとも。さあやってくれ。おまえたちはみんな僕《ぼく》の少将《しょうしょう》だよ。」

りすがきゃっきゃっよろこんで仕事《しごと》にかかりました。

このとき向《む》こうから仔馬《こうま》が六ぴき走《はし》ってきてホモイの前《まえ》にとまりました。その中《なか》のいちばん大《おお》きなのが、

「ホモイさま。わたくしどもにも何《なに》かおいいつけを願《ねが》います。」と申《もう》しました。ホモイはすっかりよろこんで、

「いいとも。おまえたちはみんな僕《ぼく》の大佐《たいさ》にする。僕《ぼく》が呼《よ》んだら、きっとかけてきておくれ。」といいました。仔馬《こうま》もよろこんではねあがりました。

むぐらが土《つち》の中《なか》で泣《な》きながら申《もう》しました。

「ホモイさま、どうかわたくしにもできるようなことをおいいつけください。きっと立派《りっぱ》にいたしますから。」

ホモイはまだおこっていましたので、

「おまえなんかいらないよ。今《いま》に狐《きつね》が来《き》たらおまえたちの仲間《なかま》をみんなひどい目《め》にあわしてやるよ。見《み》ておいで。」

と足《あし》ぶみをしていいました。

土《つち》の中《なか》ではひっそりとして声《こえ》もなくなりました。

それからりすは、夕方《ゆうがた》までに鈴蘭《すずらん》の実《み》をたくさん集《あつ》めて、大騒《おおさわ》ぎをしてホモイのうちへ運《はこ》びました。

おっかさんが、その騒《さわ》ぎにびっくりして出《で》て見《み》ていいました。

「おや、どうしたの、りすさん。」

ホモイが横《よこ》から口《くち》を出《だ》して、

「おっかさん。僕《ぼく》の腕《うで》まえをごらん。まだまだ僕《ぼく》はどんなことでもできるんですよ。」といいました。うさぎのお母《かあ》さんは返事《へんじ》もなく黙《だま》って考《かんが》えておりました。

するとちょうどうさぎのお父《とう》さんが戻《もど》ってきて、その景色《けしき》《ありさま》をじっと見《み》てから申《もう》しました。

「ホモイ、おまえは少《すこ》し熱《ねつ》がありはしないか。むぐらをたいへんおどしたそうだな。むぐらの家《うち》では、もうみんなきちがいのようになって泣《な》いてるよ。それにこんなにたくさんの実《み》を全体《ぜんたい》《いったい》誰《だれ》がたべるのだ。」

ホモイは泣《な》きだしました。りすはしばらくきのどくそうに立《た》って見《み》ておりましたが、とうとうこそみんな逃《に》げてしまいました。

うさぎのお父《とう》さんがまた申《もう》しました。

「おまえはもうだめだ。貝《かい》の火《ひ》を見《み》てごらん。きっと曇《くも》ってしまっているから。」

うさぎのおっかさんまでが泣《な》いて、前《まえ》かけ《エプロン》で涙《なみだ》をそっとぬぐいながら、あの美《うつく》しい玉《たま》のはいった瑪瑙《めのう》の箱《はこ》を戸棚《とだな》からとりだしました。

うさぎのお父《とう》さんは箱《はこ》を受《う》けとって蓋《ふた》をひらいて驚《おどろ》きました。

珠《たま》は一昨日《おととい》の晩《ばん》よりも、もっともっと赤《あか》く、もっともっと速《はや》く燃《も》えているのです。

みんなはうっとりみとれてしまいました。うさぎのお父《とう》さんはだまって玉《たま》をホモイに渡《わた》してご飯《はん》を食《た》べはじめました。ホモイもいつか涙《なみだ》がかわきみんなはまた気持《きも》ちよく笑《わら》いだし、いっしょにご飯《はん》を食《た》べてやすみました。

＊

次《つぎ》の朝早《あさはや》くホモイはまた野原《のはら》に出《で》ました。

今日《きょう》もよいお天気《てんき》です。けれども実《み》をとられた鈴蘭《すずらん》は、もう前《まえ》のようにしゃりんしゃりんと葉《は》を鳴《な》らしませんでした。

向《む》こうの向《む》こうの青《あお》い野原《のはら》のはずれから、狐《きつね》が一生《いっしょう》けん命《めい》に走《はし》ってきて、ホモイの前《まえ》にとまって、

「ホモイさん。昨日《きのう》りすに鈴蘭《すずらん》の実《み》を集《あつ》めさせたそうですね。どうです。今日《きょう》はわたくしがいいものを見《み》つけてきてあげましょう。それは黄色《きいろ》でね、もくもくしてね、失敬《しっけい》ですが《しつれいですが》、ホモイさん、あなたなんかまだ見《み》たこともないやつですぜ。それから、昨日《きのう》むぐらに罰《ばち》をかけるとおっしゃったそうですね。あいつは元来《がんらい》横着《おうちゃく》《なまけもの》だから、川《かわ》の中《なか》へでも追《お》いこんでやりましょう。」といいました。

ホモイは、

「むぐらは許《ゆる》してやりよ。僕《ぼく》もう今朝《けさ》許《ゆる》したよ。けれどそのおいしいたべものは少《すこ》しばかり持《も》ってきてごらん。」といいました。

「合点《がってん》《わかった》、合点《がってん》。十分間《ぷんかん》だけお待《ま》ちなさい。十分間《ぷんかん》ですぜ。」といって狐《きつね》はまるで風《かぜ》のように走《はし》っていきました。

ホモイはそこで高《たか》く叫《さけ》びました。

「むぐら、むぐら、むぐらもち。もうおまえは許《ゆる》してあげるよ。泣《な》かなくてもいいよ。」

土《つち》の中《なか》はしんとしておりました。

狐《きつね》がまた向《む》こうから走《はし》ってきました。そして、

「さあ、おあがりなさい。これは天国《てんごく》の天《てん》ぷらというもんですぜ。最上等《さいじょうとう》のところです。」

といいながら盗《ぬす》んできた角《かく》パンを出《だ》しました。

ホモイはちょっとたべてみたら、実《じつ》にどうもうまいのです。そこで狐《きつね》に、

「こんなもの、どの木《き》にできるのだい。」とたずねますと狐《きつね》が横《よこ》を向《む》いてひとつ「ヘン。」と笑《わら》ってから申《もう》しました。

「台所《だいどころ》という木《き》ですよ。ダアイドコロという木《き》ね。おいしかったら毎日《まいにち》持《も》ってきてあげ

ましょう。」

ホモイが申《もう》しました。

「それではね毎日《まいにち》きっと三つずつ持《も》ってきておくれ。ね。」

狐《きつね》がいかにもよくのみこんだというように目《め》をパチパチさせていいました。

「へい。よろしゅうございます。そのかわりわたしの鶏《とり》をとるのを、あなたがとめてはいけませんよ。」

「いいとも。」とホモイが申《もう》しました。

するを狐《きつね》が、

「それでは今日《きょう》の分《ぶん》、もう二つ持《も》ってきましょう。」といいながらまた風《かぜ》のように走《はし》っていきました。

ホモイはそれをおうちに持《も》っていってお父《とう》さんやお母《かあ》さんにあげるときのことを考《かんが》えていました。

お父《とう》さんだって、こんなおいしいものは知《し》らないだろう。僕《ぼく》はほんとうに孝行《こうこう》だなあ。狐《きつね》が角《かく》パンを二つくわえてきてホモイの前《まえ》に置《お》いて、急《いそ》いで「さよなら。」といいながらもう走《はし》っていってしまいました。ホモイは、

「狐《きつね》はいったい毎日何《まいにちなに》をしているんだろう。」とつぶやきながらおうちに帰《かえ》りました。

今日《きょう》はお父《とう》さんとお母《かあ》さんとが、お家《うち》の前《まえ》で鈴蘭《すずらん》の実《み》を天日《てんぴ》にほしておりました。

ホモイが、

「お父《とう》さん。いいものを持《も》ってきましたよ。あげましょうか。まあちょっとたべてごらんなさい。」といいながら角《かく》パンを出《だ》しました。

うさぎのお父《とう》さんはそれを受《う》けとって眼鏡《めがね》をはずして、よくよく調《しら》べてからいいました。

「おまえはこんなものを狐《きつね》にもらったな。これは盗《ぬす》んできたもんだ。こんなものをおれ

は食《た》べない。」

そしてお父《とう》さんは、も一つホモイのお母《かあ》さんにあげようと持《も》っていた分《ぶん》も、いきなり取《と》りかえして自分《じぶん》のといっしょに土《つち》に投《な》げつけてむちゃくちゃにふみにじってしまいました。

ホモイはわっと泣《な》きだしました。うさぎのお母《かあ》さんもいっしょに泣《な》きました。

お父《とう》さんがあちこち歩《ある》きながら、

「ホモイ、おまえはもうだめだ。玉《たま》を見《み》てごらん。もうきっと砕《くだ》けているから。」といいました。

お母《かあ》さんが泣《な》きながら箱《はこ》を出《だ》しました。玉《たま》はお日《ひ》さまの光《ひかり》を受《う》けて、まるで天上《てんじょう》に昇《のぼ》っていきそうに美《うつく》しく燃《も》えました。

お父《とう》さんは玉《たま》をホモイに渡《わた》してだまってしまいました。ホモイも玉《たま》を見《み》ていつか涙《なみだ》を忘《わす》れてしまいました。

次《つぎ》の日《ひ》も、ホモイは狐《きつね》から角《かく》パンを三つもらってしまいました。また、狐《きつね》にそそのかされて、むぐらをいじめてしまいました。ホモイのお父《とう》さんは、「貝《かい》の火《ひ》は砕《くだ》けたぞ。」といいましたが、見《み》てみると玉《たま》は、いままでいちばん美《うつく》しくかがやいていました。その晩《ばん》、ホモイは、高《たか》くてとがった山《やま》の上《うえ》に、片足《かたあし》で立《た》っている夢《ゆめ》を見《み》ました。ホモイはびっくりして泣《な》いて目《め》をさましました。


次《つぎ》の朝《あさ》ホモイはまた野《の》に出《で》ました。

今日《きょう》は陰気《いんき》な霧《きり》がジメジメ降《ふ》っています。木《き》も草《くさ》もじっと黙《だま》りこみました。ぶなの木《き》さえ葉《は》をちらっとも動《うご》かしません。

ただあのつりがねそうの朝《あさ》の鐘《かね》だけは高《たか》く高《たか》く空《そら》にひびきました。

「カン、カン、カンカエコ、カンコカンコカン。」おしまいの音《おと》がカアンと向《む》こうから戻《もど》ってきました。

そして狐《きつね》が角《かく》パンを三つ持《も》って半《はん》ズボンをはいてやって来《き》ました。

「狐《きつね》。おはよう。」とホモイがいいました。

狐《きつね》はいやな笑《わら》いようをしながら、

「いや、昨日《きのう》はびっくりしましたぜ。ホモイさんのお父《とう》さんもずいぶんがんこですな。しかしどうです。すぐご機嫌《きげん》が直《なお》ったでしょう。今日《きょう》はひとつうんとおもしろいことをやりましょう。動物園《どうぶつえん》をあなたはきらいですか。」といいました。

ホモイが、

「うん。きらいではない。」と申《もう》しました。

狐《きつね》が懐《ふところ》から小《ちい》さな網《あみ》を出《だ》しました。そして、

「そら、こいつをかけておくと、とんぼでも蜂《はち》でも雀《すずめ》でも、かけす《カラス科の鳥》でも、もっと大《おお》きなやつでもひっかかりますぜ。それを集《あつ》めてひとつ動物園《どうぶつえん》をやろうじゃありませんか。」といいました。

ホモイはちょっとその動物園《どうぶつえん》の景色《けしき》を考えてみて、たまらなくおもしろくなりました。

そこで、

「やろう。けれども、大丈夫《だいじょうぶ》その網《あみ》でとれるかい。」といいました。

狐《きつね》がいかにもおかしそうにして、

「大丈夫《だいじょうぶ》ですとも。あなたは早《はや》くパンを置《お》いておいでなさい。そのうちにわたしはもう百ぐらいは集《あつ》めておきますから。」といいました。

ホモイは、急《いそ》いで角《かく》パンをとってお家《うち》に帰《かえ》って、台所《だいどころ》の棚《たな》の上《うえ》に載《の》せて、また急《いそ》いで帰《かえ》ってきました。

見《み》るともう狐《きつね》は霧《きり》の中《なか》の樺《かば》の木《き》に、すっかり網《あみ》をかけて、口《くち》を大《おお》きくあけて笑《わら》っていました。

「ははは、ご覧《らん》なさい。もう四ひきつかまりましたよ。」

狐《きつね》はどこから持《も》ってきたか大《おお》きな硝子箱《ガラスばこ》を指《ゆび》さしていいました。

ほんとうにその中《なか》には、かけすと鶯《うぐいす》と紅雀《べにすずめ》と、ひわと、四ひきはいってばたばたしておりました。

けれどもホモイの顔《かお》を見《み》ると、みんな急《きゅう》に安心《あんしん》したように静《しず》まりました。

鶯《うぐいす》が硝子《ガラス》越《ご》しに申《もう》しました。

「ホモイさん。どうかあなたのお力《ちから》で助《たす》けてやってください。わたしらは狐《きつね》につかまったのです。あしたはきっと食《く》われます。お願《ねが》いでございます。ホモイさん。」

ホモイはすぐ箱《はこ》を開《ひら》こうとしました。

すると、狐《きつね》が額《ひたい》に黒《くろ》い皺《しわ》をよせて、目《め》を釣《つ》りあげてどなりました。

「ホモイ。気《き》をつけろ。その箱《はこ》に手《て》でもかけてみろ。食《く》い殺《ころ》すぞ。泥棒《どろぼう》め。」

まるで口《くち》が横《よこ》に裂《さ》けそうです。

ホモイはこわくなってしまって、いちもくさんにおうちへ帰《かえ》りました。今日《きょう》はおっかさんも野原《のはら》に出《で》て、うちにいませんでした。

ホモイはあまり胸《むね》がどきどきするので、あの貝《かい》の火《ひ》を見《み》ようと箱《はこ》を出《だ》して蓋《ふた》を開《ひら》きました。

それはやはり火《ひ》のように燃《も》えておりました。けれども気《き》のせいか、ひところ小《ちい》さな小《ちい》さな針《はり》でついたくらいの白《しろ》い曇《くも》りが見《み》えるのです。

ホモイはどうもそれが気《き》になってしかたありませんでした。そこでいつものように、フッフッと息《いき》をかけて、紅雀《べにすずめ》の胸毛《むなげ》で上《うえ》を軽《かる》くこすりました。

けれども、どうもそれがとれないのです。そのとき、お父《とう》さんが帰《かえ》ってきました。そしてホモイの顔色《かおいろ》が変《か》わっているのを見《み》ていいました。

「ホモイ。貝《かい》の火《ひ》が曇《くも》ったのか。たいへんおまえの顔色《かおいろ》が悪《わる》いよ。どれお見《み》せ。」

そして玉《たま》をすかして見《み》て笑《わら》っていいました。

「なあに、すぐとれるよ。黄色《きいろ》の火《ひ》なんか、かえって今《いま》までよりよけい燃《も》えているくらいだ。どれ、紅雀《べにすずめ》の毛《け》を少《すこ》しおくれ。」

そしてお父《とう》さんは熱心《ねっしん》にみがきはじめました。けれどもどうも曇《くも》りがとれるどころかだんだん大《おお》きくなるらしいのです。

お母《かあ》さんが帰《かえ》ってまいりました。そして黙《だま》ってお父《とう》さんから貝《かい》の火《ひ》を受《う》けとって、すかして見《み》てため息《いき》をついて今度《こんど》は自分《じぶん》で息《いき》をかけてみがきました。

実《じつ》にみんな、だまってため息《いき》ばかりつきながら、かわるがわる一生《いっしょう》けん命《めい》みがいたのです。

もう夕方《ゆうがた》になりました。お父《とう》さんは、にわかに気《き》がついたように立《た》ちあがって、

「まあご飯《はん》を食《た》べよう。今夜《こんや》一晩《ひとばん》油《あぶら》に漬《つ》けておいてみろ。それがいちばんいいという話《はなし》だ。」といいました。お母《かあ》さんはびっくりして、

「まあ、ご飯《はん》のしたくを忘《わす》れていた。なんにもこさえてない。一昨日《おととい》のすずらんの実《み》と今朝《けさ》の角《かく》パンだけをたべましょうか。」といいました。

「うん、それでいいさ。」とお父《とう》さんがいいました。ホモイはため息《いき》をついて玉《たま》を箱《はこ》に入《い》

れてじっとそれを見《み》つめました。

みんなは、だまってご飯《はん》をすましました。

お父《とう》さんは、

「どれ油《あぶら》を出《だ》してやるかな。」といいながら棚《たな》からかやの実《み》の油《あぶら》の瓶《びん》をおろしました。

ホモイはそれを受《う》けとって貝《かい》の火《ひ》を入《い》れた箱《はこ》に注《そそ》ぎました。そしてあかりを消《け》してみんな早《はや》くからねてしまいました。

*

夜中《よなか》にホモイは眼《め》をさましました。

そしてこわごわ起《お》きあがって、そっと枕《まくら》もとの貝《かい》の火《ひ》を見《み》ました。貝《かい》の火《ひ》は、油《あぶら》の中《なか》で魚《さかな》の眼玉《めだま》のように銀色《ぎんいろ》に光《ひか》っています。もう赤《あか》い火《ひ》は燃《も》えていませんでした。

ホモイは大声《おおごえ》で泣《な》きだしました。

うさぎのお父《とう》さんやお母《かあ》さんがびっくりして起《お》きてあかりをつけました。

貝《かい》の火《ひ》はまるで鉛《なまり》の玉《たま》のようになっています。ホモイは泣《な》きながら狐《きつね》の網《あみ》の話《はなし》をお父《とう》さんにしました。

お父《とう》さんはたいへんあわてて急《いそ》いで着物《きもの》をきかえながらいいました。

「ホモイ。おまえはばかだぞ。おれもばかだった。おまえはひばりの子《こ》どもの命《いのち》を助《たす》けてあの玉《たま》をもらったのじゃないか。それをおまえは一昨日《おととい》なんか生《う》まれつきだなんていっていた。さあ、野原《のはら》へ行《い》こう。狐《きつね》がまだ網《あみ》を張《は》っているかもしれない。おまえはいのちがけで狐《きつね》とたたかうんだぞ。もちろんおれも手伝《てつだ》う。」

ホモイは泣《な》いて立《た》ちあがりました。うさぎのお母《かあ》さんも泣《な》いて二人《ふたり》のあとを追《お》いました。

霧《きり》がポシャポシャ降《ふ》って、もう夜《よ》があけかかっています。

狐《きつね》はまだ網《あみ》をかけて、樺《かば》の木《き》の下《した》にいました。そして三人《にん》を見《み》て口《くち》を曲《ま》げて大声《おおごえ》でわらいました。ホモイのお父《とう》さんが叫《さけ》びました。

「狐《きつね》。おまえはよくもホモイをだましたな。さあ決闘《けっとう》をしろ。」

狐《きつね》が実《じつ》に悪党《あくとう》らしい顔《かお》をしていいました。

「へん。きさまら三びきばかり食《く》い殺《ころ》してやってもいいが、おれもけがでもするとつまらないや。おれはもっといい食《た》べものがあるんだ。」

そして箱《はこ》をかついで逃《に》げだそうとしました。

「待《ま》てこら。」とホモイのお父《とう》さんがガラスの箱《はこ》を押《お》さえたので、狐《きつね》はよろよろして、とうとう箱《はこ》を置《お》いたまま逃《に》げていってしまいました。

見《み》ると箱《はこ》の中《なか》に鳥《とり》が百ぴきばかり、みんな泣《な》いていました。雀《すずめ》や、かけすや、うぐいすはもちろん、大《おお》きな大《おお》きなふくろうや、それに、ひばりの親子《おやこ》までがはいっているのです。

ホモイのお父《とう》さんは蓋《ふた》をあけました。

鳥《とり》がみんな飛《と》びだして地面《じめん》に手《て》をついて声《こえ》をそろえていいました。

「ありがとうございます。ほんとうにたびたびおかげさまでございます。」

するとホモイのお父《とう》さんが申《もう》しました。

「どういたしまして、わたくしどもはめんぼくしだいもございません。あなたがたの王《おう》さまからいただいた玉《たま》をとうとう曇《くも》らしてしまったのです。」

鳥《とり》がいっぺんにいいました。

「まあどうしたのでしょう。どうかちょっと拝見《はいけん》いたしたいものです。」

「さあどうぞ。」といいながらホモイのお父《とう》さんは、みんなをおうちのほうへ案内《あんない》しました。鳥《とり》はぞろぞろついていきました。ホモイはみんなのあとを泣《な》きながらしょんぼりついていきました。ふくろうが大股《おおまた》にのっそのっそと歩《ある》きながらときどきこわい眼《め》をしてホモイをふりかえって見《み》ました。

みんなはおうちにはいりました。

鳥《とり》は、ゆかや棚《たな》や机《つくえ》や、うちじゅうのあらゆる場所《ばしょ》をふさぎました。ふくろうが目玉《めだま》を途方《とほう》もないほうに向《む》けながら、しきりに「オホン、オホン。」とせきばらいをします。

ホモイのお父《とう》さんがただの白《しろ》い石《いし》になってしまった貝《かい》の火《ひ》をとりあげて、

「もうこんなぐあいです。どうかたくさん笑《わら》ってやってください。」というとたん、貝《かい》の火《ひ》は鋭《するど》くカチッと鳴《な》って二つに割《わ》れました。

と思《おも》うと、パチパチパチッとはげしい音《おと》がして見《み》る見《み》るまるで煙《けむり》のように砕《くだ》けました。

ホモイが入《い》り口《ぐち》でアッといって倒《たお》れました。目《め》にその粉《こな》がはいったのです。みんなは驚《おどろ》いてそっちへ行《い》こうとしますと、今度《こんど》はそこらにピチピチピチと音《おと》がして煙《けむり》がだんだん集《あつ》まり、やがて立派《りっぱ》ないくつかのかけらになり、おしまいにカタッと二つかけらが組《く》み合《あ》って、すっかり昔《むかし》の貝《かい》の火《ひ》になりました。玉《たま》はまるで噴火《ふんか》のように燃《も》え、夕日《ゆうひ》のようにかがやき、ヒューと音《おと》を立《た》てて窓《まど》から外《そと》のほうへ飛《と》んでいきました。

鳥《とり》はみんな興《きょう》をさまして《おもしろくなくなって》、一人《ひとり》去《さ》り二人《ふたり》去《さ》り今《いま》はふくろうだけになりました。ふくろうはじろじろ室《へや》の中《なか》を見《み》まわしながら、

「たった六日《むいか》だったな。ホッホ。

たった六日《むいか》だったな。ホッホ。」

とあざ笑《わら》って、肩《かた》をゆすぶって大股《おおまた》に出《で》ていきました。

それにホモイの目《め》は、もうさっきの玉《たま》のように白《しろ》く濁《にご》ってしまって、まったく物《もの》が見《み》えなくなったのです。

はじめからおしまいまでお母《かあ》さんは泣《な》いてばかりおりました。お父《とう》さんが腕《うで》を組《く》んでじっと考《かんが》えていましたが、やがてホモイのせなかを静《しず》かにたたいていいました。

「泣《な》くな。こんなことはどこにもあるのだ。それをよくわかったおまえは、いちばんさいわいなのだ。目《め》はきっとまたよくなる。お父《とう》さんがよくしてやるから。な。泣《な》くな。」

窓《まど》の外《そと》では霧《きり》が晴《は》れて鈴蘭《すずらん》の葉《は》がきらきら光《ひか》り、つりがねそうは、「カン、カン、カンカエコ、カンコカンコカン。」と朝《あさ》の鐘《かね》を高《たか》く鳴《な》らしました。

声《こえ》に出《だ》して読《よ》んでみよう！

「貝《かい》の火《ひ》」のベスト3《スリー》

齋藤孝先生《さいとうたかしせんせい》が「貝《かい》の火《ひ》」のなかで
好《す》きな文章《ぶんしょう》ベスト3《スリー》はこれだ!

1

「ホモイ、おまえはもうだめだ。玉《たま》を見《み》てごらん。もうきっと砕《くだ》けているから。」

2

「たった六日《むいか》だったな。ホッホ。たった六日《むいか》だったな。ホッホ。」

3

「泣《な》くな。こんなことはどこにもあるのだ。それをよくわかったおまえは、いちばんさいわいなのだ。」

自分《じぶん》のベスト3《スリー》を選《えら》んでみよう!

ベスト3《スリー》を考《かんが》えながら読《よ》むと、
物語《ものがたり》がしぜんと自分《じぶん》のなかに入《はい》ってくるよ。

「貝《かい》の火《ひ》」のかいせつ

これは、思《おも》い上《あ》がることのおそろしさを書《か》いた物語《ものがたり》。子《こ》うさぎのホモイは、最《さい》初《しょ》はひばりを助《たす》ける、やさしい心《こころ》をもっているんだね。それが貝《かい》の火《ひ》という宝石《ほうせき》を手《て》に入《い》れて、どんどん王様《おうさま》気分《きぶん》になってしまう。そして最後《さいご》には、狐《きつね》にだまされて失敗《しっぱい》して、貝《かい》の火《ひ》が割《わ》れてしまうんだ。目《め》も見《み》えなくなってしまうよね。ふくろうが「たった六日《むいか》だったな。ホッホ。」というのもこわいねえ。

人間《にんげん》でもお金《かね》がたくさんあったり、権力《けんりょく》をもったりすると、もともとはいい人《ひと》だったのが、だんだんいばるようになってしまうことがあるんだ。でも、お金持《かねも》ちでもいばらない人《ひと》はたくさんいるから、みんながそうなるわけではないよ。気《き》をつけて、ふくろうに笑《わら》われないようにしよう。

ぼくは、ホモイのお父《とう》さんはえらいなあ、と思《おも》う。ちゃんとホモイを注意《ちゅうい》して、最後《さいご》にはいっしょに狐《きつね》と戦《たたか》おうとする。自分《じぶん》の体《からだ》をはって、子《こ》どもを守《まも》ろうとするんだね。こんなお父《とう》さんがいたら、グレないよね。

修了証

あなたは、この「イッキによめる！
小学生のための宮沢賢治」を
よみとおしたことを、ここに証明します。
このあとは学年別の「イッキによめる！　名作選」
にすすんで、さらなる読書の世界を
ひろげてください。

認定者　明治大学教授　齋藤孝

宮沢賢治の詩	○
めくらぶどうと虹	○
月夜のけだもの	○
気のいい火山弾	○
やまなし	○
注文の多い料理店	○
雪渡り	○
月夜のでんしんばしら	○
祭の晩	○
銀河鉄道の夜	○
貝の火	○

底本一覧

注文の多い料理店　序……『宮沢賢治全集8』ちくま文庫　一九八六年
宮沢賢治の詩……『銀河鉄道の夜』『風の又三郎』講談社青い鳥文庫　一九八五年
めくらぶどうと虹……『注文の多い料理店』講談社青い鳥文庫　一九八五年
月夜のけだもの……『注文の多い料理店』講談社青い鳥文庫　一九八五年
気のいい火山弾……『風の又三郎』講談社青い鳥文庫　一九八五年
やまなし……『注文の多い料理店』講談社青い鳥文庫　一九八五年
注文の多い料理店……『注文の多い料理店』講談社青い鳥文庫　一九八五年
雪渡り……『注文の多い料理店』講談社青い鳥文庫　一九八五年
月夜のでんしんばしら……『注文の多い料理店』新潮文庫　一九九〇年
祭の晩……『風の又三郎』角川文庫　一九八八年
銀河鉄道の夜……『銀河鉄道の夜』講談社青い鳥文庫　一九八五年
貝の火……『よだかの星』講談社青い鳥文庫　一九九五年

著者紹介

宮沢賢治

宮沢賢治は、一八九六年に、岩手県で生まれました。盛岡高等農林学校では地質学を学び、後には花巻農学校の教師となりました。「気のいい火山弾」のベゴ石や「銀河鉄道の夜」の発掘のようすは、このときの体験が元になっているのかもしれません。郷土岩手の自然を深く愛し、作品にでてくる架空の地名・理想郷を「イーハトーヴ（岩手のエスペラント語読み）」と名づけました。

生きものすべて、石や虹までもふくめたこの世に存在するすべてのものに対する深い愛情から生まれた、詩情にあふれた作品群は、時代を超えた魅力を持ち、子どもから大人まで、幅広い世代に読まれています。代表作は「銀河鉄道の夜」「風の又三郎」などがありますが、ほかにも「どんぐりと山猫」「よだかの星」など、子ども向けの童話をたくさん書いた人でした。

齋藤《さいとう》 孝《たかし》

1960年、静岡生まれ。東京大学法学部卒業。同大学大学院教育学研究科博士課程等を経て現在、明治大学文学部教授。専攻は教育学、身体論、コミュニケーション論。『宮沢賢治という身体』（世織書房）で '98 年宮沢賢治賞奨励賞、『身体感覚を取り戻す』（NHK ブックス）で新潮学芸賞、『声に出して読みたい日本語』（草思社）で毎日出版文化賞特別賞を受賞。『声に出して読みたい日本語』はシリーズ 260 万部を超えるベストセラーとなる。著書累計発行部数は、1000万部超。また、NHK E テレ「にほんごであそぼ」を総合指導。

百瀬《ももせ》義行《よしゆき》

1953年、東京生まれ。日本アニメーションで「ペリーヌ物語」など作画監督をつとめる。その後マッドハウスなどを経て『火垂るの墓』（'88）に参加し、スタジオジブリへ。以降『かぐや姫の物語』（'13）まで在籍し劇場用映画の作画を担当したほか、ショートフィルム『ギブリーズ』、ハウス食品「おうちで食べよう。」シリーズCMの演出、音楽ユニットcapsule（中田ヤスタカ）の「ポータブル空港」や新垣結衣「Piece」のPVも手掛ける。現在はフリーランス。「JR西日本 SUMMER TRAIN!」CM（'15）の監督、レベルファイブ制作RPG「二ノ国Ⅱ」のキャラクターデザインほか、CDジャケットのイラスト、本の挿絵など。

新装版《しんそうばん》 齋藤孝《さいとうたかし》のイッキによめる！
小学生《しょうがくせい》のための宮沢賢治《みやざわけんじ》

2007 年 8 月 1 日　第 1 刷発行
2015 年 4 月 7 日　第14刷発行
2016 年 6 月30日　新装版 第 1 刷発行
2023 年 9 月 5 日　新装版 第 7 刷発行

編　者／齋藤孝《さいとうたかし》

発行者／森田浩章

発行所／株式会社講談社

〒 112-8001　東京都文京区音羽 2-12-21
電話　編集　03-5395-3542
　　　販売　03-5395-3625
　　　業務　03-5395-3615

KODANSHA

印刷所／株式会社精興社

製本所／加藤製本株式会社

装　丁／藤田知子

イラスト／百瀬義行

ＤＴＰ／脇田明日香

ISBN978-4-06-220101-8　N.D.C.913　271p　21cm